心

こころ

文豪書齋
105

夏目漱石

吳季倫——譯

文豪書齋 105

心——
日本文學史上最暢銷小說，夏目漱石公認代表作
【獨家收錄漱石文學百年特輯】

作　　者　夏目漱石
譯　　者　吳季倫

野人文化股份有限公司
社　　長　張瑩瑩
總 編 輯　蔡麗真
主　　編　鄭淑慧
助理編輯　陳瑾璇
行銷企劃　林麗紅
封面設計　蕭旭芳
內頁排版　洪素貞

出　　版　野人文化股份有限公司
發行平台　足文化事業股份有限公司（讀書共和國出版集團）
地址：231新北市新店區民權路108-2號9樓
電話：（02）2218-1417　傳真：（02）8667-1065
電子信箱：service@bookrep.com.tw
網址：www.bookrep.com.tw
郵撥帳號：19504465遠足文化事業股份有限公司
客服專線：0800-221-029
法律顧問　華洋法律事務所　蘇文生律師
印　　製　成陽印刷股份有限公司
初版首刷　2017年7月
初版15刷　2023年9月

國家圖書館出版品預行編目 (CIP) 資料

心 : 日本文學史上最暢銷小說 , 夏目漱石公認代表作 / 夏目漱石作 ; 吳季倫譯 . -- 初版 . -- 新北市 : 野人文化出版 : 遠足文化發行 , 2017.07

面；　公分 . -- (文豪書齋 ; 105)

譯自 : こゝろ

ISBN 978-986-384-208-8(平裝)

861.57　　106010144

心

線上讀者回函專用 QR CODE，您的寶貴意見，將是我們進步的最大動力。

【漱石文學百年特輯】

《心》特輯

漱石美學——初版《心》的裝幀概念

日本人必讀的經典名作《心》

青色文學系列・動畫版《心》

漱石百年紀念活動

漱石山房紀念館

夏目漱石文學紀行

文豪人生漫步——從早稻田到神樂

荒川線雜司谷靈園

漱石足跡——鎌倉市之旅

漱石老師的感情生活

漱石名作裡出現的三角戀

與兄嫂的曖昧之情——禁斷之戀・薄命美人兄嫂登世

與朋友之妻的戀情——當代才女大塚楠緒子

終身的伴侶——鏡子夫人

《心》特輯

漱石美學——初版《心》的裝幀概念

《心》是夏目漱石的長篇小說，也是其代表作。一九一四年（大正三年）四月二十日至八月十一日，在當時的《朝日新聞》以「心：老師與遺書」為題，分為一百一十次連載，同年九月於岩波書店出版。初版的《心》由夏目漱石自費出版，書籍裝幀概念全出自漱石之手。漱石在自序中說道：「書籍裝幀以往都是委託給專家，這次我突發奇想想要自己試試看，無論是書盒、封面、扉頁、版權頁、題字、印章……等，全都出自我的構想。尤其是封面，底紋是中國周朝的石鼓文拓本，書名的『心』則引用自康熙詞典的『心』字字體。」

當初漱石與岩波書店簽定的合約非常特殊，採取初版費用由漱石自己負擔的方式，之後若有再刷，再由岩波書店償還這筆費用。

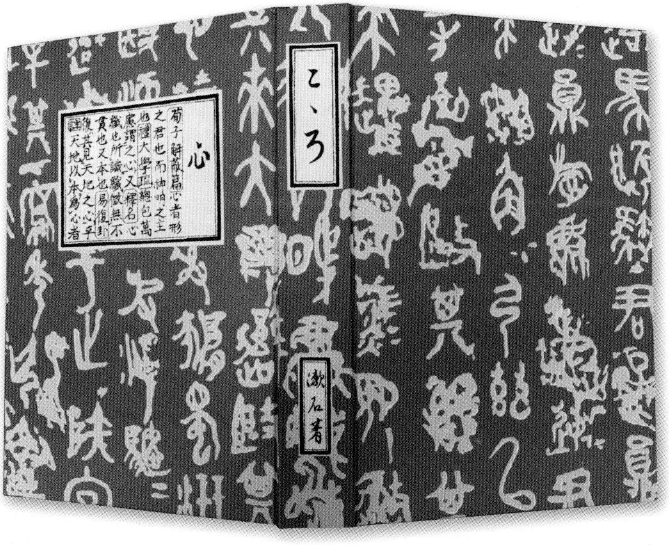

《心》初版封面。封面底紋是中國周朝的石鼓文拓本，並以柿紅色為封面底色。夏目漱石還引用了多篇古文，包括荀子《解蔽篇》：「心者，形之君也，而神明之主也。」《禮‧大學疏》：「總包萬慮謂之心。」《釋名》:「心，纖也。所識纖微無不貫也。又本也。」以及《易‧復卦》:「復其見天地之心乎？」和《易‧復卦》注云：「天地以本為心者也。」

右圖：《心》初版書盒。
左圖：書本從書盒抽出的樣子，可見漱石匠心獨具。

內頁印有漱石手繪版畫，畫面中央印有小篆「心」字朱印。

扉頁印有拉丁諺語「Ars Longa, Vita Brevis」，本句出自古希臘醫學之父希波克拉底（Hippokrates），意思為「生命短暫，藝術永恆」。

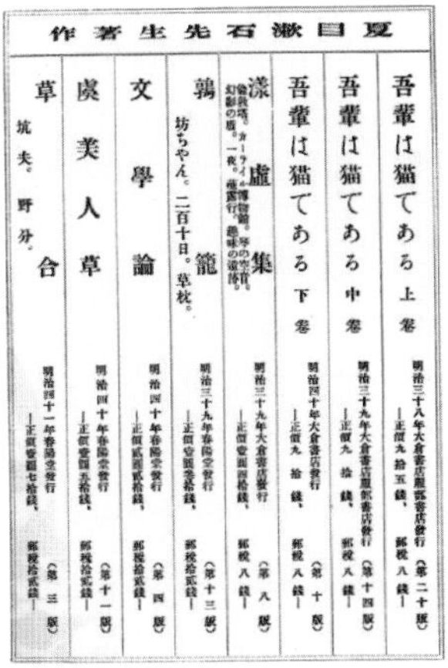

夏目漱石先生著作

吾輩は猫である 上巻　明治三十八年大倉書店服部書店發行　—正價九拾五錢、郵稅八錢—（第二十版）

吾輩は猫である 中巻　明治三十九年大倉書店服部書店發行　—正價九拾錢、郵稅八錢—（第十四版）

吾輩は猫である 下巻　明治四十年大倉書店發行　—正價九拾錢、郵稅八錢—（第十版）

漾虚集　倫敦塔。カーライル博物館。琴のそら音。幻影の盾。一夜。薤露行。趣味の遺傳。　明治三十九年大倉書店發行　—正價壹圓四拾錢、郵稅八錢—（第八版）

鶉籠　坊ちやん。二百十日。草枕。　明治三十九年春陽堂發行　—正價壹圓參拾錢、郵稅拾貳錢—（第十三版）

文學論　明治四十年春陽堂發行　—正價貳圓貳拾錢、郵稅拾貳錢—（第四版）

虞美人草　明治四十年春陽堂發行　—正價壹圓五拾錢、郵稅拾貳錢—（第十一版）

草合　坑夫。野分。　明治四十一年春陽堂發行　—正價壹圓七拾錢、郵稅拾貳錢—（第三版）

書末附有夏目漱石於岩波書店出版的系列書籍。

版權頁上印有夏目漱石本人的綠色印章。

日本人必讀的經典名作《心》

二〇一四年四月二十日適逢《心》出版一百週年，《朝日新聞》再度連載這部作品。《心》在二〇一四年已銷售七百零五萬五百冊，榮登日本暢銷文學第一名，堪稱最受日本國民喜愛的作品，更是日本高中生國文課本必收錄的作品。作品深刻地描寫人性的黑暗與自私，是一部描寫知識分子孤獨心靈，面臨愛情與友情選擇，內心難以解開糾葛的自白之作。

《心》出版一百週年，由新潮社推出的白金版文庫本，封面仿皮革設計。

慶祝《心》出版一百週年，同樣由新潮社推出的文庫本（一般版）。

青色文學系列動畫——《心》。由左至右分別為DVD盒、單片DVD，以及動畫的簡介小手冊。

青色文學系列・動畫版《心》

青色文學系列（青い文學シリーズ）是改編日本知名文學而成的系列動畫作品。電視台總共改編六部作品，包括夏目漱石《心》、太宰治《人間失格》、芥川龍之介《蜘蛛之絲》、《地獄變》……等，全部皆由日本演員堺雅人擔任男主角旁白。

改編版的《心》除了主角老師之外，還描寫了原作中並未多著墨的友人K以及小姐的「心」，讓整部作品更生動立體。

漱石百年紀念活動

漱石山房紀念館

為迎接夏目漱石一百五十年生誕・一百年冥誕，東京都新宿區將設立「漱石山房紀念館」，預計二〇一七年九月二十五日開館，地點為漱石公園原址（公園現不開放）。常設展示區將展出的主題有：(1)夏目漱石與新宿區的淵源、(2)漱石的生涯、(3)漱石作品的世界、(4)與漱石有關的人們、(5)漱石與俳句、(6)漱石與書畫等主題。此外，紀念館將重現漱石實際生活過的「漱石山房」的一部分，前來參觀的人可以實際體驗漱石的書房、會客室、陽台式迴廊。除此之外，也將展示漱石作品的草稿、往來書信、初版書等資料。

【漱石山房記念館地址與交通資訊】

地址：東京都新宿區早稻田南町7

交通資訊：

- 東京地鐵東西線早稻田站（1號出口）：走路約10分鐘
- 都營大江戶線牛込柳町（東口出口）：走路約15分鐘
- 都營巴士（白61）牛込保健中心前下車：走路2兩分鐘

漱石公園內發送的「漱石山房介紹本」，內容詳細介紹了漱石的一生以及山房的內部構造，還收錄許多珍貴照片。

夏目漱石文學紀行

文豪人生漫步——從早稻田到神樂坂

新宿區是漱石出生長大、結束生涯的地區。從東京地鐵東西線早稻田站出站後，有一條與早稻田通斜斜交叉的上坡。坡道左手邊的小倉屋酒店旁矗立一塊以黑御影石製成的方尖碑，上頭刻有「夏目漱石誕生之地」等文字，漱石於一八六七年誕生於此。此區域名為喜久井町（因夏目家的家紋為菊花井紋，而菊花井與喜久井日文發音相同），坡道名為夏目坂，皆與出身地方名士的夏目家有關。

「夏目漱石誕生之地」方尖碑 。

漱石公園門口。

漱石公園

漱石公園是漱石度過人生最後十年的場所，也是「漱石山房」的所在地。當初建築物已於空襲時燒毀。公園門口的漱石胸像尺寸比漱石本人略大，實際的漱石更為瘦小。公園內部有漱石生前乘涼休憩的陽台、供養死去小動物的貓塚（皆為後人重建），以及漱石相關的資訊中心「道草庵」。漱石在這裡完成了《三四郎》、《從此以後》、《門》、《春分之後》、《行人》、《心》、《道草》、《明暗》等作品。

相馬屋。

善國寺。

神樂坂

位於早稻田附近的神樂坂也是漱石作品中最常出現的地方，例如善國寺就曾出現在《少爺》中，主角少爺向人提及自己曾在善國寺的廟會上釣起八寸長的鯉魚。神樂坂上的文具店「相馬屋」是包括夏目漱石在內的眾多日本文豪最愛購買稿紙的地方，店內有戰國時代牛込城的遺跡（不公開）。相馬屋對面的斜坡則是出現在《從此以後》一書的蒿店（又名「地藏坂」）。神樂坂盡頭往右轉的東京理科大學，前身是「東京理工專門學校」，即《少爺》一書中主角就讀的學校。

漱石出生地——【新宿區】

散步地圖

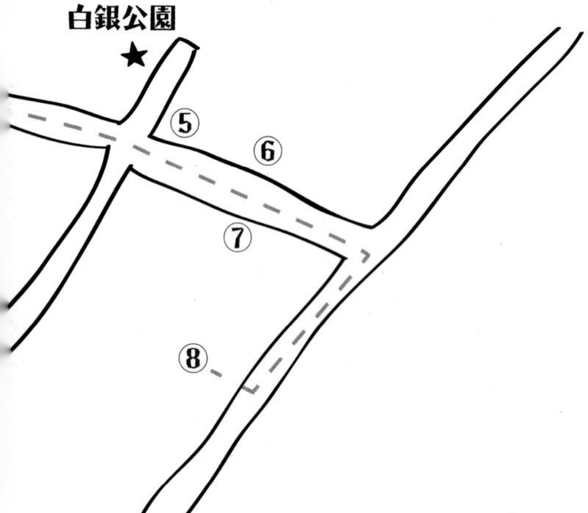

① 漱石出生地
（新宿地區指定史蹟）
此地豎立紀念漱石誕生百年的方尖碑，碑上題字由漱石弟子安倍能成書寫。

② 夏目坂
夏目家是喜久井町一帶的士紳，此坂道由漱石之父夏目直克命名。

③ 小倉屋酒店
中山安兵衛去高田馬場和菅野六郎左衛門決鬥前喝酒的地方，酒店旁矗立一塊紀念漱石、以黑御影石製成的方尖碑。

④ 漱石山房
（新宿地區指定史蹟）
漱石度過人生最後十年的地方，立有俗稱「貓塚」的石塔，供養死去的小動物。

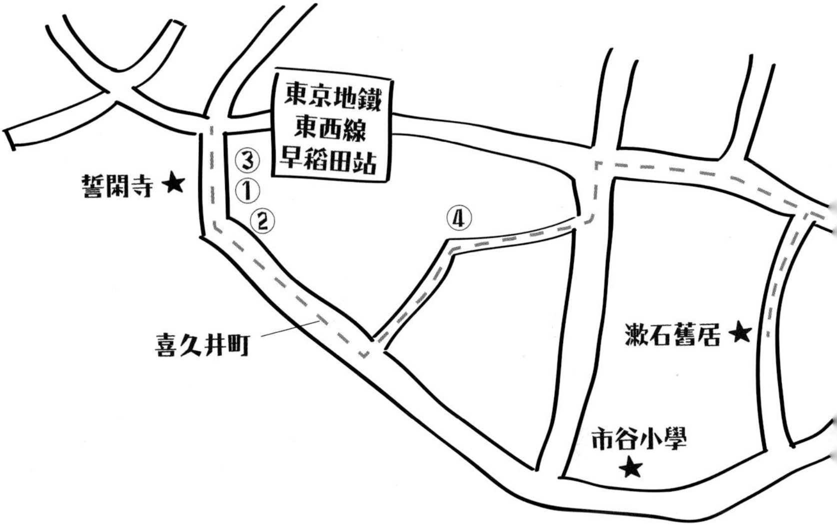

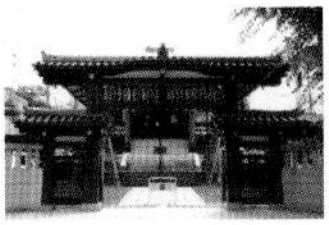

⑤ 相馬屋

夏目漱石、北原白秋等作家的愛店，自江戶時代起經營造紙業務，至今已超過三百五十年，目前由紙商轉型為文具店，也販售原稿紙和款式豐富的和紙。

⑥ 神樂坂

自江戶時代起就是非常繁盛的坂道，也是相當受到夏目漱石喜愛的街道。

⑦ 善國寺

一五九五年由德川家康建造，主要供奉開運福神——毘沙門天（原為印度教神祇）。此地曾出現在《少爺》一書中。

⑧ 東京理科大學

日本科學與科技領域著名的私立大學之一，《少爺》中主角就讀的「物理學校」，就是現在的東京理科大學。

荒川線雜司谷靈園——日本近代名人長眠之地

在都電荒川線上的雜司谷站下車，步行兩分鐘之後即到達雜司谷靈園。此處為夏目漱石的長眠之地，也是諸多日本近代名人的墓地，例如小泉八雲、竹久夢二、泉鏡花、東條英機、永井荷風……

參觀者可在靈園門口的派出所向警察索取靈園地圖，地圖上會標示名人們的墓地位置與編號，依循號碼就可以找到你想參拜的名人。

在《心》中，老師的朋友K的墓地，也在雜司谷靈園內。

夏目漱石的墳墓，呈扶手安樂椅形狀。漱石墳墓於雜司谷靈園中的編號為1-14號1側3番。

雜司谷靈園門口派出所備有靈園地圖，地圖上標示諸多藝文界、政治界名人的墓地位置與編號。

由比濱海岸。

漱石足跡——鎌倉市之旅

鎌倉由比濱

由比濱位於神奈川線鎌倉市南部的相模灣的海岸，是知名的海水浴場。這裡就是《心》中我與老師初次見面的地方。

鎌倉文學館

搭乘江之電在由比濱站下車，走路五分鐘後即可到達西洋風格的鎌倉文學館。館中展示有芥川龍之介、夏目漱石、川端康成等與鎌倉淵源頗深的作家相關物品。

文學館原為前田侯爵家的別墅，館內玫瑰園頗負盛名，共有二百零一種、二百四十六株玫瑰。後經過改建，於昭和六十年改為文學館。

圓覺寺

圓覺寺位於JR北鎌倉車站前。寺內目前還有禪僧修行的道場。夏目漱石、島崎藤村等知名作家曾在此參禪，因此而聞名。

漱石老師的感情生活

漱石名作裡出現的三角戀

漱石的作品中，無論是《三四郎》、《從此以後》、《門》、《行人》、《心》均可見到兩男一女的三角戀問題。

近年來學者發現漱石生平中其實也經歷了兩男一女的三角戀問題，因此「三角戀的糾葛」才會成為漱石終生執著描寫的主題。

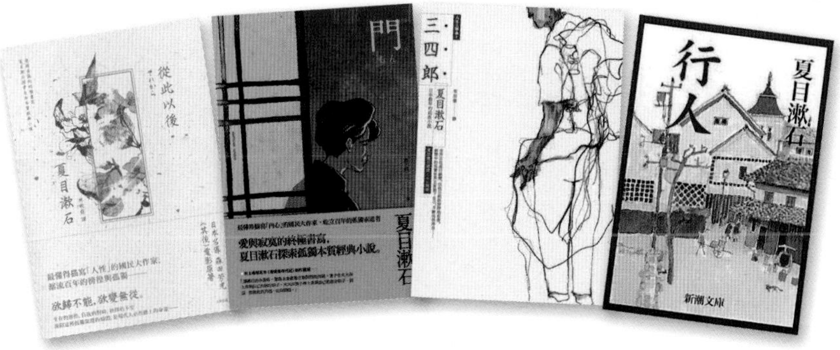

由左至右：《從此以後》（大牌出版）、《門》（大牌出版）、《三四郎》（麥田出版）、《行人》（新潮文庫本）。

與兄嫂的曖昧之情——禁斷之戀・薄命美人兄嫂登世

漱石十九歲那年，與他同齡的兄嫂登世嫁給漱石的三哥直矩。曾經好幾次被送往他人家裡當養子的漱石，對夏目家而言，算是個棘手的人物。對漱石而言，這個家中唯一難得的溫情，卻是來自與自己沒有絲毫血緣的嫂嫂登世。

但直矩卻不甚珍惜妻子，依舊流連於聲色場所。年齡相仿的叔嫂，逐漸發展出一段微妙的情感。就連登世因為妊娠中毒臥床時，也是漱石在病榻前照顧嫂嫂。年僅二十五歲的登世死後六天，漱石寫了一封長信給親友子規，信中充滿對嫂嫂的悼念與殤逝。其中，

「妳走了以後，花也從這個世界消失了」
（君逝きて浮世に花はなかりけり）

句中不難看出年輕的小叔對薄命兄嫂深埋心中的戀慕之情。

從小說《行人》中那段禁斷的叔嫂之情，以及《夢十夜》第一夢中，名字有如百合般美麗的早逝女子，都不難看出漱石對早夭嫂嫂的愛慕之情。就連漱石的妻子鏡子，也曾提及自己對這個從未謀面的「情敵」的嫉妒之情。

《文鳥・夢十夜》新潮文庫本。

與朋友之妻的戀情——當代才女大塚楠緒子

漱石的作品終其一生不斷重複探討「三角戀」，尤其是與朋友之妻的「不倫戀」。細查漱石的戀愛史，不難看出他為何如此執著於這個主題。

明治二十六年七月自帝國大學英文科畢業的漱石，在宿舍舍監清水彥五郎的斡旋下，與友人小屋保治一同成為宮城控訴院院長大塚正男獨生女大塚楠緒子的乘龍快婿人選。楠緒子是才色兼備的美女，最後，抱得美人歸的幸運兒不是漱石，而是之後成為東大教授的小屋保治。

漱石在東京高等師範學校教書，二十八歲時突然離職成為四國松山舊制高中的教師。這個時期的他出現了厭世、神經衰弱的徵兆，也許就是失戀的關係。

從《三四郎》、《從此以後》、《門》、《心》一直執著於三角戀的題材這一點看來，這次的失戀經驗，恐怕成為了漱石一生難忘的心理傷口。對於楠緒子炙熱的情感、以及對親友的罪惡感，促成了漱石寫出這一系列的作品。即使之後漱石自己也結婚了，雙方家庭依舊保持聯繫，漱石戀慕友人之妻楠緒子的八卦，也在漱石的弟子之間流傳著。

明治四十三年十一月，三十五歲的楠緒子因為肋膜炎去世，漱石吟詠的「菊之俳句」是為這段戀情畫下句點最有名的句子。

將所有的菊花，拋入妳的棺中。

（有る程の菊抛げ入れよ棺の中）

大塚楠緒子照

終身的伴侶——鏡子夫人

明治二十八年，漱石與貴族院書記官長中根重一的女兒鏡子相親。當時鏡子十八歲，漱石二十八歲，兩人相差十歲。

聽說兩人相親時，鏡子雖然齒列不整，卻不像一般女孩那般，忸怩作態用袖子遮住嘴，她直率自然的態度吸引了漱石的好感。鏡子也對穩重的漱石抱有好感，加上父親重一再三誇獎漱石（聽說重一曾公開說過：「我不將女兒嫁給非帝大畢業的人！」），這門親事便談成了。

婚後，鏡子與漱石前往熊本赴任，嬌生慣養的她不擅長做家事。早上經常晚起，讓丈夫餓著肚子去上班。不習慣侍奉丈夫的人妻生活，也折磨著鏡子的身心，經歷一次流產之後，再次懷孕的鏡子因為害喜身體不適，歇斯底里的狀況愈發嚴重，還曾試圖投水自盡，幸好獲救。有一段時期，漱石就寢時必須用布條綁住自己和妻子的手腕，避免妻子再有輕生的念頭。這段夫妻間的情感糾葛，也曾出現在漱時半自傳式的小說《道草》。

漱石和鏡子夫人的相親照。

之後漱石單身前往英國留學，回國後苦於精神衰弱，有時會對家人施暴動粗，當時周遭人都勸鏡子離婚，鏡子卻說：「（漱石）若是因為討厭我，而對我施暴要求離婚，我當然會離婚。但那個人是因為生病才會這樣對我們。生病總有治好的一天，所以我不打算離開他。」

漱石死後，鏡子有次在孩子面前失言，被孩子們取笑時，她曾感嘆：「你們這樣取笑我，把我當傻子，要是爸爸（漱石）還在的話，一定會溫柔地提醒我的錯誤。」

兩人一同經歷風雨，即使漱石心中一直住著其他女人，支持他成為一代文豪、終生不離不棄的人，卻是被後世評為「惡妻」的鏡子。

夏目漱石妻子鏡子口述、女婿松岡讓筆錄的散文集《漱石的回憶》（文春文庫出版）。

二〇一七年適逢漱石逝世一百週年，電視台以鏡子夫人的話語筆錄《漱石的回憶》為原案，從妻子的視點，描寫了劇烈變動的明治時代中一對夫妻成長的故事。

劇中由尾野真千子和長谷川博扮演鏡子和漱石夫婦。知性但彆扭不易親近的漱石，與落落大方有話直說的鏡子，個性南轅北轍的兩人時而爭吵，卻又互相扶持，幽默風趣的劇情頗受好評。

目錄

【漱石文學百年特輯】

【上篇】

老師與我

先生と私

一

我習慣稱他為老師，在這裡也姑隱其名，僅以老師代稱。對我而言，這麼做才自然，至於保護他的隱私倒是其次了。每當想起他時，「老師」二字總是幾乎脫口而出，即使在寫下這件事的此時此刻，我對他的思念依然不曾稍減。我不願意在文章裡用一個冷冰冰的英文字母來當作他的代稱。

我是在鎌倉認識老師的。當時，我只是個年輕的學生，有個朋友趁著暑假到海邊玩，寄了張明信片邀我非去不可。我花了整整兩三天才籌夠旅費出門，沒想去到鎌倉還沒待上三天，找我去的朋友忽然接到一通電報要他趕快返鄉，說是母親病了。我那位朋友沒把這通電報當真。原因是老家的父母一直強迫他答應一門親事，可是他覺得現在沒有人那麼早結婚的，根本無意成家，況且他也不喜歡那個女子。也因為這樣，他放暑假後故意跑去東京近郊遊玩，而沒有回去老家。他把電報拿給我看，問我該怎麼辦。我也不知道如何處理才好，但萬一他母親當真生了病，他理應趕回家去。最後，他終究回家鄉了。專程來這裡陪他玩的我，就這麼孤伶伶地留了下來。

離開學還有好一段日子，我可以選擇待在鎌倉或是回去，後來決定暫時留在原來的旅舍。朋友老家在中國地方①，家族財力雄厚，不過他畢竟年紀輕，也還在讀書，日常的用度支應與我差不多，所以我雖隻身一人，倒也不必另尋合宜的住處。

旅舍的地點在鎌倉算是較為偏僻，若想打打撞球或是嚐嚐冰淇淋這類時髦的玩意，就得沿著田埂走上一大段路。如果搭車前往，得花上二十錢。不過，這一帶蓋了不少私人別墅，而且離海又近，享有地利之便，一下子就到海水浴場了。

我天天都去海邊玩。只要穿過幾間被煤煙燻得髒汙的老茅屋，即可走到岸畔。沙灘上滿滿的都是前來消暑的男男女女，實在難以想像居然有那麼多都市人來到這種小地方度假。有時候海面上萬頭攢動，幾乎和澡堂沒什麼兩樣。我雖不認識他們任何一人，但也在這熱鬧當中，時而懶躺在沙灘上，時而由著浪花拍上膝頭到處踩水蹦跳，很是舒心愜意。

我便是在這般鬧哄哄的景象中看到老師的。海邊有兩家小茶棚，我偶然進了其中一家，後來總是上那裡。除了在長谷邊擁有大別墅的人，一般的避暑遊客沒有私人更衣室，必須到這種場所借用公用更衣室。人們會在這裡喝喝茶、休息一下，或是洗滌泳衣與沖去身上的海水，順便託店家保管帽子和陽傘。我雖沒帶泳衣，可是擔心身上的物品遭竊，因此每回下水前也把脫下的衣服和東西寄放在小茶棚裡。

① 指日本本州島的西部地區。

二

我在那家小茶棚看到老師的時候，他正在脫衣準備下水，而我當時恰好相反，渾身濕淋淋地在風中上了岸。我們雙方之間其實隔著海面上一大片黑壓壓的人頭，若非有特殊的狀況，或許我永遠不會注意到他。一來海灘上擁擠雜遝，再者我又漫不經心。老師之所以引起我的注意，是因為他帶著一個外國人同行。

一走進小茶棚，那個外國人一身雪白的膚色馬上吸引了我的目光。他脫去身上那件傳統日式浴衣扔在長凳上，雙手抱胸而立，望向大海。此時，他全身上下僅剩一條日本人慣穿的褲衩了，這令我倍感訝異。我前兩天剛去過由比海濱②，蹲在沙灘上好半晌，望著外國人進到海裡玩耍的模樣。我那時坐在一處較高的沙丘上，近旁就是旅館的後門。在我專注觀察的那段期間，看到非常多男人上岸沖洗身上的海水，但誰都沒有裸露出自己的身軀、手臂和大腿，而女人更是全身裹得嚴實，大多戴著絳紅、靛青或藍色的橡膠泳帽，在海浪間忽隱忽現。由於我才看過那樣的景象，因此當目睹一個外國人在大庭廣眾之下只穿一件褲衩，這幕光景實在不太尋常。

片刻過後，他回頭朝身邊彎下腰的日本人講了一兩句話。那個日本人正在撿拾掉在沙地上的毛巾，順手往頭上一裹，便向大海走去。那個人就是老師。

我只是出於好奇，視線一路隨著那兩人並肩走下沙灘，踩著碎浪朝前走去。他們在岸邊淺灘的吵嚷人群中穿梭，終於到了一處泳客較少的海面，便一齊游了起來。只見他們朝外海游去，身影愈來愈小。不久，他們折返，徑直游回海灘。兩人回到小茶棚後也不舀井水澆淋，立刻擦乾身子，穿上衣物，很快就離開了。

他們走了以後，我還是坐在原先那張長凳上抽著菸，愣怔地在腦中思索著老師，總覺得好似曾經看過這張臉孔，卻怎麼也想不起來是在何時何地見到的。

我那時沒有任何煩憂，甚至可以說無聊得乏味，所以隔天特地去了一趟小茶棚，並事先估量了容易遇上老師的時刻。結果，外國人沒出現，只有戴著草帽的老師獨自來了。他摘下眼鏡擱在檯子上，隨即拿毛巾裹在頭上，步伐飛快地朝海邊走去。當我瞥見老師和昨天一樣，穿過吵嚷的泳客一個人游出去的剎那，心裡突然有個念頭想追上去。我趕忙蹚著淺水直到水深處，雙臂撥划朝老師游去。可惜老師的游法不同於昨日，已經循著某種奇特的弧線路徑繞回岸邊，以致於我沒能成功與他在海裡相逢。我上了岸，甩掉手臂上滴淌的水珠，才剛踏進小茶棚，穿上衣物的老師恰巧與我錯身而過，走了出去。

②指位於現今神奈川縣鎌倉市南邊相模灣沿岸的由比海濱（由比ヶ浜），為知名的海水浴場。

三

隔日，我挑同樣的時刻前往海邊，果然又看見老師了。再隔一天，還是在相同的時間看到老師，不過始終沒有機會與他攀談或寒喧。況且老師似乎不喜歡與人交際，總是在固定的時間兀自前來，又兀自離去，周遭的熱鬧喧囂彷彿都與他無關。至於最初與他同行的那個外國人，之後也不曾出現，老師總是一個人來這裡。

有一天，老師照例游了一趟就上岸，在老位置準備穿回浴衣，浴衣上卻不知怎的沾滿了沙子。老師為了抖落沙子，轉身向後甩了兩三下，沒想到原本擱在浴衣下面的眼鏡就這麼從木板縫裡滑落下去。老師在白底碎紋的浴衣上繫妥腰帶以後，這才發現弄丟了眼鏡，急忙到處探找。我趕緊鑽進凳子底下拾了起來。老師向我道謝，接了過去。

翌日，我跟在老師後面跳進海裡，朝相同方向游去。游了約莫二百公尺，老師回過頭來找我說話。放眼四周，只有我們兩人浮在這片廣闊的湛藍海面上，熾烈的陽光盡情潑灑著遠山和近水。我使勁揮擺那充盈著自由與欣喜的肌肉，在大海中奮力划動，如痴如狂。倏然間，老師停了下來，仰躺在海面上，我也學著他的樣子，隨波蕩漾。天空那耀眼的碧藍熱辣辣地潑灑在我的臉上。我不由得大喊一聲：「太暢快啦！」

半晌過後，老師在水裡起身，催促道：「該回去了吧？」我身形較老師強壯，其實還想待在海裡多玩一會兒，可是聽見老師的問話，當即一口答應：「好，我們回去吧。」於是兩人又循原路游了回去。

此後，我便和老師熱絡起來，但依然不曉得他住在什麼地方。

再過了兩天，亦即第三天的下午，我在小茶棚遇到老師時，他忽然問道：「你打算在這裡繼續住上一段日子嗎？」我沒想過這個問題，一時不知該如何回答，只好告訴他：「還沒想過這事。」說完看見老師露齒而笑，突然覺得很難為情，不自覺脫口反問：「老師您呢？」這是我首度稱呼他老師。

當晚，我去拜訪老師下榻的地方。他不是下榻在一般的旅舍，而是住在位於寺院的寬敞院地裡，一棟別墅似的屋子。我後來得知住在那裡的人不是老師的家眷或親戚。對於我開口閉口稱他老師，他不禁滿臉苦笑，我解釋那是自己對長輩的慣用尊稱。我問起前幾天那個外國人，老師說他作風與眾不同，已經離開鎌倉了，又說自己一向連日本人也鮮少往來，沒想到居然能和那麼奇特的外國人談得來。臨走前，我告訴老師，自己總覺得老師似曾相識，卻怎麼也想不起來。年輕的我暗自忖想老師或許和我有同樣的感覺，雀躍期盼著他的答覆。不料老師沉吟片刻之後，說道：「我對你實在沒有印象，大概是認錯人了吧。」我頓時大失所望。

四

我在月底回到東京，而老師比我更早離開了那處避暑勝地。與老師話別時，我曾問過他：「往後可否經常拜訪府上？」老師只簡單答覆：「可以，來吧。」當時我以為自己與老師十分熟稔，心中暗暗期待能聽到更熱絡的邀約，這冷淡的回答不免傷了我的自尊。

老師這樣的回應屢屢令我失望。對此，他似乎隱約察覺到了，但有時又彷彿渾然不覺。幾次有些失望的經驗，並未使我打定主意疏遠老師，相反地，每當我惶惶不安的時候，就更想親近老師。我想，自己若能再靠上前去，總有一天，我所想望的一切終將來到眼前。我那時雖然年輕，但並非對每一個人都如此直率相待，連自己也不懂為何獨獨對老師展現出這樣的熱情。直到現在，老師離世了，我才終於恍然大悟。老師從來不曾討厭我。他時常表現出對我不大搭理和冷淡的態度，並不是因為心生厭惡才刻意疏遠我，而是心靈遭受創傷的他，向試圖親近自己的人發出的警訊：別靠過來，我不值得你付出真心！看似拒絕他人關懷的老師，其實在鄙視別人之前，已先鄙視自己了。

我回到東京的時候，當然想過拜訪老師。回來以後距離開學還有兩個星期，原本打算趁這段期間去老師家一趟，可是兩三天過後，漸漸不像在鎌倉的時候那麼急於親近老師了。此外，多姿多采的都會生活也在記憶中甦醒過來，這股強烈的刺激使我心緒激昂澎湃。每當我在街上看到學生，對新學年的期待和緊張便油然而生。於是，我暫時忘了老師。

開學過了一個月，我開始發懶，提不起勁來。我面露渴求，在街道中逡巡。我眼帶欲望，環視自己的房間。老師的面容，再度於腦海浮現。我又想和老師見面了。

第一趟去老師家，他不在。第二趟印象中是下個星期日去的，風和日麗，通體舒暢的好天氣。可惜那天老師還是不在家。我們在鎌倉的時候，曾聽老師親口提過他大半時間都待在家裡，甚至稱得上討厭出門。然而，我連跑兩趟竟都撲了空，一想起他當時對我說過的話，不由得心生一股無名火。我沒有立刻告辭，而是站在門前看著女傭，有些猶豫。這女傭還記得我上次遞過名片，請我稍待片刻，退進屋裡去了。接著一位女士走了出來，樣貌十分美麗。我想這位應該是師母。

她很客氣地告知了老師的去處，說是老師每個月的這天總要到雜司谷墓園為某座墓供花。師母語帶歉意地告訴我：「他才剛出門，約莫十分鐘吧，也許不到十分鐘。」我欠身道謝後離開，在熱鬧的大街上走了一百多公尺左右，心想不如順道散步到雜司谷，也好奇會不會巧遇老師，於是馬上往回走。

五

我從墓園前面那塊苗圃的左側進去，沿著楓樹夾道的寬廣大路往裡走，恰巧路邊的茶館走出一位貌似老師的人。我朝他走去，直到近得可以看見他眼鏡框上泛閃的陽光，出其不意大喊一聲「老師」。他立刻駐足，盯著我問道：

「你怎會……你怎會……」

同一句話他複述了兩遍。這句語氣古怪的話語迴盪在靜悄悄的晌午時分。我一時答不出話來。

「你跟蹤我嗎？否則怎會……」

老師還算鎮定，語調也算沉穩，但臉上的神情卻有一抹難以形容的陰鬱。

我把自己找來這裡的前因後果講給他聽。

「我妻子有沒有說我來這裡給什麼人上墳的？」

「沒有，師母一個字也沒提。」

「是哦？也對，她不可能講出來的。畢竟才第一次見到你，沒必要告訴你。」

老師彷彿兀自明白了些什麼，我卻完全不懂他的意思。

老師帶著我在墓園間穿梭，朝馬路的方向走去。在沿途出現的「伊莎貝拉某氏」、「上帝的僕人羅根」之類的墳墓旁邊，立著一支寫有「一切眾生悉有佛性」的塔形木牌，還有的墓碑寫著「全權公使某氏」。我站在一座刻著「安德烈」名字的小墓前問了老師；「這該怎麼讀呢？」「大概是讀作André吧？」說完，老師露出了苦笑。

從這些墓碑可以看出長眠於此的亡者身分各異，我覺得很有趣，不禁語帶奚落。老師對我的言行似乎不以為然。我一下子指著圓形的墓碑、一下子指著細長的花崗岩墓碑，東拉西扯地說個不停。老師起初默不作聲地聽著，好一陣子之後開口說話了：「你從來沒有認真思考過死亡這件事吧？」我當即噤聲不語，老師之後也沒多說什麼了。

墓園的分界處有一株遮天蓋日的大銀杏樹。我們來到樹下，老師抬起頭來望向高空中的樹梢，說道：「再等一些時日，可就美極了。整株樹的葉子統統轉黃，地面也會覆上一層金色的落葉。」老師每個月總會從這棵樹下走過。

稍遠一點，有個男子正在整平凹凸不平的地面，新闢一處墳地。他歇下手中的鋤頭，朝我們看來。我們在這裡往左轉，馬路就在眼前了。

我接下來沒有要去的地方，便隨著老師一起走。老師比平時更沉默，但我並不覺得彆扭，仍舊陪著他悠然邁步。

「您這就回家了嗎？」

「是啊，沒打算去別處。」

兩個人又靜默下來，步下南邊的坡道。

「府上的祖墳在這裡嗎？」我再度開口問道。
「不是。」
「那麼是誰葬在這裡呢？……您親戚嗎？」
「不是。」
老師沒有多作回答，我也不便往下追問了。就這麼走了一百公尺左右，沒想到老師竟然主動繼續了這個話題：
「我有個朋友葬在那裡。」
「您每個月都來為朋友上墳嗎？」
「是的。」
這一天，老師只講到這裡。

六

此後，我經常去找老師，而他總是在家。幾次下來，我愈發頻繁地登門拜訪。
話說回來，老師對我的態度從第一次交談，乃至於熟識了之後，其實相差不大。老師經常是靜默不語，有時靜默得幾近孤獨。打從一開始，我便發現老師格外孤僻，然而，我心裡卻有一股強烈的欲望，驅使我非親近他不可。在茫茫人海中，恐怕唯獨我對老師抱持如此的情感。縱使人們輕蔑我幼稚也好、譏諷我傻氣也罷，我的這種直覺在日後果真得到了證實。對於自己能憑直覺精準地識破一切，我感到自豪與欣喜。有一種人，他不但有能力愛人，甚至一定要愛人才行，卻又無法張開雙臂緊緊擁住想投入自己懷裡的人——老師便是這樣的人。

如前所述，老師始終是靜默、沉穩的，但偶爾臉上會飄過一抹詭異的陰霾，猶如飛過窗前的小鳥所映出的黑影，一眨眼就消失了。最初發現老師兩眉之間的那抹陰霾，是在雜司谷墓園突然喊他的時候。那瞬間他臉上的異樣神情，使我心臟中疾速的血流倏然頓了一拍。但那只是暫時的停滯，不到五分鐘，我的心臟又恢復了正常的搏動，之後也就淡忘了這片灰濛的雲影。直到十月小陽春已近尾聲的某個晚上，才又想起了這件事。

當時我正與老師聊天，眼前忽然浮現老師曾特意指給我看的那株大銀杏樹。我暗自數算老師每個月上墳的日子，恰好還有三天，而那天我的課只上到中午，之後就沒事了。於是我向老師說道：

「老師，雜司谷的銀杏葉都掉光了嗎？」

「應該還沒有落盡吧。」

老師看著我回答，視線在我臉上停留了好一會兒。我馬上接口道：

「這次去上墳，我陪您一起好嗎？我想和老師一塊到那裡散散步。」
「我是去上墳的，不是去散步的。」
「可是順道散個步，不也挺好的嗎？」
老師不發一語，片刻過後才又開口：
「我真的只是去上墳而已。」
他似乎堅持上墳和散步是兩回事。雖然不知他是否以此為由，不帶我去，總之我覺得那一刻的老師有些奇怪，簡直在耍孩子氣。這使我更想去了。
「那麼，上墳也好，請帶我去吧。我也一道去上墳。」
依我的想法，把上墳和散步區分開來其實沒什麼意義。老師一聽，兩眉之間暗淡了下來，眼神也有些異樣，不知道該形容為困擾、厭惡，抑或是畏怕，總之是些許的不安。在雜司谷喊他「老師」時的那一幕陡然映現在我的腦海裡。因為這兩次的神情如出一轍。
「我……」老師說話了，「我有不便讓你知道的原因，不想跟外人一起去那裡上墳。就連妻子也沒帶她去過。」

七

我難以理解老師的說法，但畢竟不是為了探究老師這個人才去他家，也就不再提起這件事。時至今日，回想我那時採取的做法，堪稱我人生中相當可貴的態度。也歸因於此，我才得以與老師維繫具有人情味的溫馨往來。倘使我心生好奇，哪怕有一絲一毫想探求老師內心的想法，老師恐怕會絕不留情地斬斷兩人的情誼。年輕的我沒有刨根問柢，完全是出於自然反應，或許正因此更顯得彌足珍貴。萬一我那時走錯了一步，真不曉得兩人的關係會變成什麼樣子，單是在心裡想像都覺得毛骨悚然。別說逼問，就是平時無事，老師也常疑心自己成為別人冷眼打量的對象。

我每個月總要上老師家兩三趟，愈去愈頻繁。一天，老師突然問我：

「你為何三天兩頭就來找我這種人呢？」

「為何？我沒什麼特別的用意……是不是打擾您了？」

「我沒說是打擾。」

的確，老師的舉止和神態從未流露出任何的困擾。我知道老師交誼不廣，也曉得他的老同學大概只有兩三個人住東京。雖然偶有同鄉的學生來向他請益，不過看來都不如我和老師這般親近。

「我是個孤單的人。」老師對我說過，「所以很高興你來找我，這才問你為什麼常常來。」

「您為什麼覺得孤單呢?」

老師沒有回答我的反問,只是看著我問我多大了。

這樣的對話實在令人摸不著頭緒,不過我那時沒有深究,就這麼回去了。沒過四天,我又去拜訪老師了。

「又來了呀!」老師一進客廳便笑著說道。

「是呀,又來了。」我自己也笑了。

換做是別人對我說這句話,一定會惹怒我的;可是聽到老師這麼講,我非但沒有惱火,反而覺得很開心。

「我是個孤單的人。」那天晚上,老師重又提起前幾天說過的話。「我是個孤單的人,或許你也是個孤單的人吧?我雖孤單,畢竟有了年紀,一個人待著也不成問題,可你還年輕,總不好跟我一樣。你應該很想盡量往外跑,盡量看些新玩意吧?」

「我一點也不孤單!」

「年輕時候最容易感到孤單了,要不,你為何三天兩頭就往我家跑呢?」

講到這裡,老師又老調重彈了。

「雖然你遇到了我,大抵還是覺得有幾分孤單吧。因為我沒有能力幫助你根除這股孤單，你終究還是得向外另闢一處新天地。再過不久，你就不想來我家了。」

老師的笑容中透著一絲落寞。

八

所幸老師的預言並未成真。我彼時涉世未深，聽不出那段預言裡明顯的含意，照舊去找老師。不久，我留下來上桌吃飯了，自然也得和師母交談。

我是個正常男子，對女人不至於漠不關心。不過，我當時年紀尚輕，缺乏歷練，可以說還不曾和女人正式交往過。或許是這層因素，以致於我的興趣只放在街上偶遇的陌生女子身上。我還記得在門前見到師母時，覺得她十分美麗，此後每次見面也都有同樣的感受。只是除此之外，師母似乎沒有其他值得一提之處。

這不能說是師母缺乏長處，或許該解釋為還沒有機會讓她展現自己的優點更為妥當。自始至終，我只將她視為從屬於老師的一部分，而她對我的親切態度，應該也由於我是來探訪她丈夫的學生。換言之，假如拿掉了老師的居中連結，我們兩人也就不再有任何關係，那麼對於初次見面的師母，除了她的美貌，我便不會有其他的感受了。

有回我在老師家小酌，師母同席在一旁為我們斟酒。老師那天顯得比往常開心，直向師母勸酒：「妳也來一杯！」並將自己飲盡的空杯遞了過去。「我不用……」師母先是辭了酒，之後才勉為其難接了下來。她那張美麗的臉龐雙眉蹙攏，皺起好看的眉頭，把我為她斟的半杯酒端到脣邊送下。接著，師母和老師有了以下的交談：

「真稀奇，您很少勸我酒哪！」

「因為妳不喜歡喝呀！不過偶爾喝一點也不錯，可以讓人心情愉悅喔。」

「哪裡愉悅？除了苦可沒別的。不過您小飲幾杯之後，好像心情非常愉快。」

「有時候會非常開心，不過也不是每一回都這樣。」

「那麼今晚如何呢？」

「今晚心情好得很！」

「不如往後每天晚上都喝一些吧。」

「那可不成！」

「您還是喝吧，這樣才不會覺得孤單。」

老師家只有他們夫妻倆和女傭，我每次去都是安安靜靜的，從沒聽過有人高聲談笑。有時我甚至覺得整間屋子裡只有老師和我而已。

「家裡要是有個孩子就好了。」師母對著我說道。

「說得也是。」我嘴裡雖然這樣答腔，心中卻沒有感到任何同情。那時我還沒有兒女，只覺得孩子惹人煩。

「要不，領養一個？」老師說道。

「領養來的孩子終究……你說是不是？」師母又看著我說道。

「再拖下去，我們也生不出孩子的。」老師繼續說道。

師母緘默不語了。

「為什麼？」換成我幫師母發問。

「這叫報應呀！」老師講完，縱聲大笑。

九

就我所知，老師和師母是一對恩愛的夫妻。我不曾和他們在同一個屋簷下過日子，所以當然無從知悉內情，但每回老師和我坐在客廳對談，有事吩咐時向來是喚找師母，從不叫喊女傭。老師總是轉向隔扇那邊喚一聲：「喂，靜！」（師母芳名「靜」）。那聲叫喚聽在我耳中倍感溫柔。師母應聲而出的模樣也相當溫順。有時老師留我吃飯，師母也同席用餐時，兩人更是顯得鶼鰈情深。

老師時常帶師母去聽音樂會和看戲。還有，就我的印象，他們起碼去過兩三趟為期一週左右的旅遊。我手邊還留著他們從箱根寄來的風景明信片，以及去日光時捎來擱入一片紅葉的信箋。

我當時親眼看到老師和師母之間的關係，大致就是這樣，只有一次例外。某天，我像往常一樣到了老師家門口請女傭稟報，忽然從客廳傳來說話聲。仔細一聽，那並非一般的交談，比較像是發生爭吵。老師家的玄關緊鄰著客廳，因此我站在木格門前就能聽出那是在爭吵，還可以分辨得出有個不時提高嗓門的男子是老師。至於另一個人比老師來得小聲，無從判別是誰，可我覺得應該是師母，她似乎正在哭。我站在門口不知所措，猶豫了片刻，旋即決定轉身返回住所。

一股莫名的惶惶不安朝我襲來，連書都看不進去了。過了差不多一個小時以後，老師來到窗下喊我的名字。我訝異地打開窗子，他在樓下邀我一起去散散步。我掏出早前塞在腰帶裡的錶一看，已是八點多了。從老師家回來後，我身上的褲裙還沒換下，仍舊這身裝束直接穿出門了。

那一夜，我和老師一起喝了啤酒。他本就酒量欠佳。即便喝到一個程度還沒有醉意，他也不會冒險繼續喝。

「今天喝了也沒用。」說著，老師露出了苦笑。

「喝了以後沒有變得比較開心嗎？」我同情地問道。

我心裡一直惦記著方才的事，如鯁在喉，折磨著我。我舉棋不定，不曉得該坦白才好，還是佯裝不知為妙。就這麼左思右想，不自覺流露出一副心神不寧的模樣。

「你今晚不大對勁哦……」老師先提起了，「其實我也有些異樣。你看出來了？」

我一句話也說不出口。老師又往下說道：

「老實說，我方才和妻子吵了幾句，情緒激動了起來。」

「為什麼……」

我無法說出「吵架」一詞。

「她誤會我了。我解釋那是誤會，可她就是聽不進去，說著說著我就發火了。」

「師母對老師有什麼誤會呢？」

老師沒打算回答我的問題。

「我若是她以為的那種人，根本犯不著這麼痛苦了。」

至於老師究竟有多麼痛苦，真相遠遠超乎我的想像。

十

回家的路上，兩人一語不發，走過一條又一條街道。後來，老師忽然開了口：

「我錯了。一怒之下衝出家門，想必妻子一定放心不下。想想，女人還真可憐，妻子只剩下我這個依靠了。」講到這裡，老師略停一下，看來無意等我回話便又接續說道，「按這樣推演，身為丈夫的人似乎沒什麼好擔心的，這結論未免可笑。說說看，在你眼裡，我是強者還是弱者？」

「看起來介於兩者之間。」我答道。

這個答案似乎令老師有些意外，他又不說話了，默默邁著步伐。

要回老師家會順道經過我的住處旁。兩人走到了轉角，我不忍心就在這裡和老師道別，便說：「不如陪您走回去吧！」

老師立刻揚起手來攔住我，說道：

「時候不早了，快點回去，我也得趕緊回家才行……為了妻子。」

老師最後補上的「為了妻子」頓時溫暖了我的心。聽完這一句，我回家後總算得以安心入睡了。日後，「為了妻子」這幾個字也讓我久久難以忘懷。

多虧這句話，我得知老師和師母之間的這場風波只是小事。隨著後來經常造訪，我大概可以推測得出那亦是罕見的狀況。不單如此，老師有次甚至還向我吐露了這樣的心聲：

「全世界的女人，我只知道妻子一個，除了她，別的女人都無法使我動心。至於妻子，也同樣認定我是天底下唯一的男人。就這層意義而言，我們應當是人世間最幸福的天生一對。」

現在我已經記不得前因後果，所以也不懂老師為什麼會對我有這番剖白。可是，老師說這段話時認真的神態和低沉的語調，迄今依然留在我的記憶之中。當時我聽來頗覺異樣的，是最後那一句「我們應當是人世間最幸福的天生一對」。老師為什麼不直截了當說他們「是」幸福的人，而要用「應當」這個詞呢？我唯獨對這一點困惑不解。尤其老師在講這句話時用了強調的語氣，更是令我納悶。老師真的過得幸福嗎？還是應當幸福但實際上卻並不那麼幸福呢？我心裡不由得冒出了這樣的疑問。隨著時間一久，這些疑問也就深深埋進腦海裡的某個角落了。

過了一陣子，我去找老師時他不在家，因而有了機會和師母單獨聊聊。老師那天有朋友即將從橫濱乘船出國，所以出門到新橋送行。當時從橫濱上船的人，大多是在新橋搭早上八點半的火車出發的。我因為要向老師請教某一本書，便按先前約定的時間於九點拜訪。前一天，老師的朋友專程來辭行，老師基於禮貌而臨時決定去新橋送行。出門前老師交代說他去去就回來，要我稍等一等。於是，我進了客廳，在等老師回來的這段時間與師母聊了聊。

十一

那時候我已經上大學了，較剛到老師家拜訪時更為成熟，對師母不再感到陌生，因此在她面前並不感到彆扭。我們天南地北聊了很多，但都是一般閒談，現在幾乎想不起來了，只有一樁事讓我十分掛意。不過在敘述那件事前，我想先提另一件事。

早在一開始和老師往來時，我已知道他讀過大學了，但直到回到東京又過了一些時日，我才曉得他賦閒在家。那時我不明白老師怎能成天不做事呢？

老師並未享有世俗名氣，所以只有與他關係密切的我尊崇他的學問和思想，別人大概不會注意到這位人物。我時常對此表示惋惜，但老師不以為意，只說：「我這種人哪裡有資格向世人大放厥詞呢！」我認為這句話過於謙虛，聽來更像是對社會的嘲諷。其實老師時常不留情面批評那些已有名望的老同學，而我也毫不客氣地指出這項自我矛盾。與其說我的想法叛逆，應該說老師不在意世人不知道有他的存在令我感到抱屈。老師語帶消沉地說：「這是無可奈何的事，畢竟我不配在社會上工作。」老師露出一種極為深奧的神情。我不知道那種神情代表的是失望、不滿，抑或是悲哀，總之，寫在他臉上的絕決使我無言以對，也沒有勇氣再說下去了。

我和師母聊談時，話題自然落在老師身上。

「老師為什麼只在家裡讀書和思考，沒出去工作呢？」

「沒辦法，他討厭去外面做事。」

「是不是老師體悟到做那種事等同於虛度光陰呢？」

「什麼體悟不體悟的，我一個女人家可不懂那些，不過大概不是那個原因吧。他應該還是想做什麼，只是辦不到，所以才讓人覺得心疼哪。」

「不過，看起來老師應該很健康吧？」

「強健得很，什麼毛病也沒有。」

「那為什麼沒辦法施展長才呢？」

「就是不懂呀，我若明白也不至於這般操心。就因為不懂，更是分外心疼。」

師母的話中充滿了同情，但嘴角仍是掛著微笑。由旁人看來，我倒顯得嚴肅了。我眉頭深鎖，緘默無語。這時，師母像是忽然想起什麼似的又接下去說：

「他年輕時可不是這樣的，現在和那時簡直判若兩人，變得完全不一樣了。」

「您說老師年輕時，是什麼時候呢？」我問說。

「學生時代呀。」

「您從學生時代就認識老師了嗎？」

師母的面龐倏然微微泛紅。

十二

師母是東京人。這事老師告訴過我，也曾聽師母自己提起。師母說過：「真要說來，我算是『混血兒』呢。」因為印象中師母的尊府好像是鳥取人，而尊堂則生於當時還叫作江戶③的市谷，所以她才語帶詼諧地這樣說。至於老師，卻是來自全然不同方位的新潟縣。由此可知，假如師母在老師就學時就認識他了，顯然不是由於同鄉的情誼。只是臉紅的師母似乎不想再多說什麼，我也不便繼續深究。

從認識老師到他離世的這段日子，我在種種機緣下多方了解到老師的思想與情操，但對他結婚的過程卻一無所悉。有時候，我從善意的角度解釋這個狀況——老師畢竟是長輩，不便對年輕人提及昔日的青春韻事；有時候，我亦會往負面的視角分析這個問題——與我相較之下，老師和師母可以說都是在封建的舊時代長大成人的，一旦觸及這種男女之間的議題，恐怕缺乏坦然開誠布公的勇氣。不過以上純屬推測，並且我的假設前提是，無論事實是其中的哪一種，兩人在結婚前必定談過一場浪漫的戀愛。

我的假設果然正確無誤，但我想像的只不過是他們愛情的一部分而已。在老師這段美好的愛情背後，隱藏著一樁可怕的悲劇。那樁悲劇導致老師日後過著多麼悽慘的人生，師母直到今天依然被蒙在鼓裡，一無所知。老師至死都瞞著不讓她知曉。

老師在摧毀師母的幸福之前，已先動手毀滅了自己的生命。

如今，關於那椿悲劇的細節，我不願多加詳述。如同早前提到的，他們堪稱在那椿悲劇中萌發了愛苗，但是對此，兩人連一句都沒說給我聽。師母是出於謹慎，而老師則有更深一層的苦衷。

倒是有一件事還留在我的記憶當中。有一年正值繁花錦簇的時節，我和老師相偕到上野賞花。我們在那裡看見一對男俊女嬌的情侶，親密地依偎著散步花下。畢竟是公眾場所，不少遊客對他們側目，甚至無心賞花。

「看起來像是新婚夫妻吧。」老師說道。

「感覺很恩愛喔。」我答腔說。

老師連苦笑都沒有，兀自轉身朝看不到這對男女方向走去，隨後問了我：

「你談過戀愛嗎？」

我說沒有。

「你不想談戀愛嗎？」

我沒回話。

「總不至於沒這打算吧？」

③ 東京的舊稱。

「嗯。」

「你方才看到那對男女後挖苦人家了吧。那句挖苦中透出了你想談戀愛卻沒有對象的埋怨。」

「您聽起來像是那個意思嗎？」

「就是那個意思。如果是沉浸在甜蜜愛情中的人，會說出更溫情的關懷，不過……不過我告訴你，愛情是罪過啊，懂嗎？」

我頓時嚇呆了，一句話也答不上來。

十三

我們走在人群中，每個人看起來都開開心心的。直到穿過人群、走到一處闃無人聲也不見彩花綻放的樹林之前，我始終沒有機會接續方才談論的話題。

「愛情是罪過嗎？」我忽然開口問道。

「毫無疑問，確實是罪過。」老師回答的語氣與方才同樣堅定。

「為什麼？」

「你以後會懂的。不，其實你應該已經懂了。你的心，不是早就為愛情而悸動了嗎？」

我摸摸自己的心，有的只是一片空虛，哪裡有什麼悸動。

「我連個心儀的對象也沒有。我對老師絕不會有任何隱瞞。」

「沒有心儀的對象才會悸動。正因為以為有了對象就能恢復平靜，所以才會不由自主地悸動。」

「我現在還沒感受到那種悸動。」

「就是由於你的欲望還沒得到滿足，所以才會想從我身上感受到那種悸動，不是嗎？」

「或許您說得對，但那畢竟不是愛情。」

「那是邁向愛情的前一階段。按順序來說，你先從同性的我這裡得到悸動，然後才去擁抱異性。」

「我認為這兩件事的性質完全不同。」

「不，是相同的。我是個男人，終究無法滿足你，況且又有些特殊的因素，更是絕無可能讓你得到滿足。事實上，我覺得不該耽誤你。你遲早還是得離開我到別的地方去尋求那股悸動。我其實寧願你這樣做，但是……」

老師這番話深深地傷了我的心。

「老師認為我應該離開您，對此我無話可說，但我還不曾動過這樣的念頭。」

愛情是罪過，你非得當心不可！從我這裡雖然得不到滿足，
但相對的也沒有危險……你能體會被又長又黑的頭髮給緊緊
纏住是什麼感受嗎？

然し気を付けないと不可ない。恋は罪悪なんだから。私の所では満足が得られない代りに危険もないが、――君、黒い長い髪で縛らせた時の心持を知っていますか。

老師根本不聽我辯解。

「但是，愛情是罪過，你非得當心不可！從我這裡雖然得不到滿足，但相對的也沒有危險……你能體會被又長又黑的頭髮給緊緊纏住是什麼感受嗎？」

我不曾身歷其境，但可以想像那種感受。說真的，對於老師所指的罪過，我仍然似懂非懂，不解其意，而且談到這裡，我有些不高興了。

「老師，請您將罪過的意思解釋得更明白一些，否則暫且打住這個話題，直到我能夠確切了解何謂您所說的罪過。」

「怪我不好。我只是想對你說真話，結果反讓你焦躁不安。我不該這麼做。」

老師和我從博物館後方信步走向鶯溪。從圍籬的縫隙裡可以瞥見寬敞的庭院一隅種著叢密的山白竹，遠遠望去顯得分外幽邃。

「你知道我為何每個月都到雜司谷墓園為朋友上墳嗎？」

老師問得相當突兀，況且他明知我根本不曉得答案。我好半晌沒作聲，老師這才察覺到不對勁，連忙說道：

「我又講錯話了。方才覺得不該讓你焦躁不安，想要解釋清楚，結果那種解釋的方式讓你更加焦躁不安。我不知道該怎麼做了，這個話題就談到這裡吧。總之，你記清楚了，愛情既是罪過的，也是神聖的。」

老師的話把我弄得愈糊塗了。不過，他之後不再提起愛情二字。

十四

年輕的我，一遇事就鑽牛角尖。至少老師是這麼認為的。我覺得老師的話語比學校的講義更有助益，老師的思想比教授的見解更加寶貴。也就是說，獨善其身、沉默寡言的老師，比起站在講台上指導我的那些專家學者更令我欽佩。

「不能過度沉迷於某項事物。」老師提醒我。

「這是我經過冷靜思考之後的做法。」

我回答時充滿自信，但老師相當不以為然。

「你現在只是一頭熱，等熱度消退就不再喜歡了。看到你現在的模樣，不得不這麼認為，這讓我很難過；可是想到你往後必然的改變，就讓我更難過了。」

「在您的眼裡，我有這麼膚淺？這麼不能相信嗎？」

「我只是感到遺憾罷了。」

「您的意思是，雖然感到遺憾，但是不能相信我嗎？」

老師為難地望向院子。不久前，院子裡還處處綻放著碩大的緋紅色茶花，而今已盡數凋謝了。老師坐在客廳時經常看著那些茶花。

「我並非只不相信你一人，而是無法相信所有的人。」

這時，圍籬外傳來小販叫賣金魚的吆喝，此外再也沒有任何聲響。從馬路拐進巷子裡約莫兩百公尺遠的這地方相當寧靜，屋子裡亦像往常一樣悄無聲息。我曉得師母就在隔壁，也知道她雖安靜地忙著針線活，但仍聽得見我們的交談，可是那一刻，我竟將這件事全然忘得一乾二淨，問了老師：

「這麼說，您也不相信師母嗎？」

老師的神色有些慌張，沒有正面回答我的提問：

「我連自己都不相信了，一個不相信自己的人，當然更無法相信別人。除了咒罵自己，還能怎麼辦。」

「若按這麼複雜的邏輯，那世上就沒有任何可信的人事物了。」

「不，這不是思考而來，而是我親自嘗試之後的結果。嘗試了以後令我大為震驚，而且非常害怕。」

我本想繼續追問下去，然而師母這時從隔扇的另一邊開口喚了老師兩聲。老師在第二次喚聲時才回話：「什麼事？」「請過來一下。」師母把老師找去隔壁房間。我不知道兩人之間有什麼事，還來不及細想，老師又回到客廳了。

「總之，別太相信我，否則你總有一天會後悔的。而且，當自己受騙之後，總會施以殘酷的報復。」

「那是什麼意思？」

「曾經跪在某人面前的屈辱，日後會令你恨不得一腳踩到他的頭上。我就是不想將來遭到侮辱，所以拒絕現在得到欽敬。我寧願現在忍受孤獨，而不願未來忍受更痛苦的孤獨。我們生在這個充滿自由、獨立和自我的現代，所付出的代價大概就是人人都得嘗到這種孤獨。」

看著有如此體悟的老師，我不曉得該說什麼才好。

十五

以後，每當我見到師母，總是有些在意老師是否對她也一直是這樣的態度？倘若真是如此，師母又是否欣然接受呢？

我沒有太多接觸師母的機會，看不出師母究竟是否欣然接受這樣的對待，而且每回見到她時也沒有異狀，更何況我們幾乎都是於老師在場的情況下才會見到面。

我更納悶的是，老師為何會對人性有這番體悟？這真的純粹是他以冷靜的眼光省思自我與觀察現代社會的結果嗎？老師向來善於靜思，但是否僅憑他的智慧，即有辦法人在家中坐、能知天下事呢？我認為事情絕非如此單純。老師的這番體悟彷彿曾身歷其境，不像遭到火吻後的冰冷空殼石屋那般虛有其表、實則不堪一擊。依我所見，老師的確是一位思想家，而且這位思想家的理論背後，有強大的事實支撐。

層層堆砌在那當中的事實，並不是發生在別人身上而與他無關的，全是他的切身之痛，那真確的事實令他時而血脈賁張、時而心臟停止。

這不是我無端的臆測，而是來自老師的剖白。只不過那段剖白猶如濃霧一般圍攏過來，令我如墜五里霧中，驚懼不已。我不懂這股驚懼所為何來。老師的剖白十分隱晦，卻又明明白白地震撼了我。

我假設老師的這種人生觀，源自於一段轟轟烈烈的戀情（當然是發生在老師和師母之間的）。

老師講過的那句「愛情是罪過」，或許可提供一些線索，但是老師也說過，他深愛著師母。由此可見，老師總不至於在夫妻的情感中體悟到這種近乎厭世的思惟才對。「曾經跪在某人面前的屈辱，日後會令你恨不得一腳踩到他的頭上」——老師的這段話應當是套用於一般人身上，而非指他與妻子的關係。

位於雜司谷的那座墳墓，亦在我的腦中揮之不去。我只曉得埋在那的故人與老師因緣不淺，卻不知道他是誰。我雖和老師在生活上頻繁往來，但始終無法窺見他的內心世界。那座墳墓不啻為老師生命中的某個片段，於我卻只是死寂之物，非但無法成為開啟我們生命之門的鑰匙，反倒更像是橫亙其間阻礙兩人交流的妖怪。

就在我百思不得其解之際，又因某件事而不得不與師母單獨交談了。那是在夏暑已盡，白晝漸短，秋風拂來寒意的季節。老師住家一帶接連三四天傍晚總有鄰居失竊，雖然沒什麼重大損失，但都被偷走了一些小東西，師母為此頗為提心吊膽。不巧就在這種時候，老師有天晚上非出門不可。有個在外地醫院工作的同鄉朋友來東京了，因此老師和另外兩三人說好要一同餐聚。老師把這事告訴我，託我幫忙看家。我一口答應了下來。

十六

我抵達時才剛華燈初上，但是準時赴約的老師已經不在家了。「他怕遲到了不好意思，方才出門了。」師母向我解釋，並將我領進老師的書房。

書房擺放著西式桌椅，電燈的光線透過玻璃映照在許多裱褙精美的書籍上。師母將我請到火盆前的坐墊，「這裡的書都請隨意看。」說完就離開書房了。我很不自在地抽著菸，像個等候主人返家的訪客般正襟危坐。師母和女傭的談話聲從起居室傳了過來。書房的位置是沿著起居室旁的簷廊走到盡頭再轉個彎才到，可以說位於整間屋子的偏角處，較之客廳更為清靜。當師母不再說話之後，家裡就靜了下來。我屏氣凝神地提高警戒，彷彿正在等著小偷的到來。

過了約莫三十分鐘，師母再度從書房門口朝內探看，倏然輕呼一聲「咦」，面露驚訝地打量我，大抵是覺得我一本正經的模樣怪好笑的。

「坐得那麼拘謹，很不舒服吧？」

「不會的。」

「可是，悶得慌吧？」

「也不會，一直等著小偷可能會出現，心裡緊張得很，沒時間多想。」

師母手裡端著紅茶杯，笑吟吟地站在門口看著我。我接著說道：

「不過，這裡是屋子的偏處，不適合站崗守衛。」

「那麼就麻煩你移駕到屋子的正中央吧。我猜你一定悶得慌，沏了茶送來。若不嫌棄，請到起居室來用茶。」

我隨著師母出了書房。起居室裡有個漂亮的長方形火盆，火盆上的鐵壺發出熱滾滾的聲響。我在這裡用了茶湯和糕點。師母擔心晚上無法入睡，沒敢喝茶。

「老師常去參加這類的聚會嗎？」

「沒的事，他很少出門，最近似乎愈來愈討厭和別人見面了。」

師母對此似乎並不怎麼憂心，我於是壯起膽子問道：

「那麼，老師只想和師母獨處吧？」

「哪裡，老師也一樣討厭我。」

「這不是師母的真心話。」我說，「您明知那不是事實，卻刻意這麼說。」

「這話怎麼說呢？」

「依我看來，老師就是因為喜歡師母，所以厭惡和社會接觸。」

「你不愧是個做學問的人，講起空泛的大道理來頭頭是道。按這個道理，不也可以說老師就是因為厭惡這個社會，所以連我也一塊討厭進去了？」

「這兩種講法都說得通，不過，以目前的狀況來看，我的講法才是正確的。」

「我可不想爭這個。男人家就是好辯，一開口就是滔滔不絕。這就好比端著一只空酒杯四處找人敬酒④罷了。」

師母這話說得有點重，但聽來絕不刺耳，也不至於極端，更不像時下某些人為了誇耀自己的聰明才智而刻意賣弄。師母所重視的，應該是更深層的內心世界。

十七

我本來還想往下說，可又擔心師母以為我辯口利舌，只得閉上嘴巴，瞧著見底的紅茶杯。師母似乎怕冷淡了我，問了句：「再喝一杯嗎？」我旋即把茶杯遞給她。

④ 意指流於形式而毫無實質內容。

「糖要幾塊？一塊？兩塊？」

不知為何，師母夾起方糖，看著我問了要往茶杯裡擱進幾塊糖。師母此時的態度算不上刻意討好，但格外親切，像是要沖淡她方才強硬的表態。

我默默喝茶，喝了以後仍然不發一語。

「怎麼變得那麼安靜？」師母問道。

「我怕一開口又要挨罵，說我強詞好辯。」我答道。

「怎麼會呢。」師母再次接口道。

於是，我們又聊了起來。聊著聊著，又繞回兩人的共通話題——老師身上了。

「師母，我可以再稍微提一下方才的話題嗎？或許您覺得是空泛的大道理，可我並不是毫無根據胡說一通的。」

「那麼，說來聽聽吧。」

「萬一師母突然離開了，老師還能像現在這樣過日子嗎？」

「這我可不曉得呀，得去問老師才知道，不該來問我。」

「師母，我不是隨口問問，請別逃避，告訴我真話。」

「我說的是真話呀。我真的不曉得。」

「那麼，師母對老師的愛有多深呢？這個問題總該請教師母，而不是老師了，所以請您回答。」

「這種事何必問得這般一本正經呢。」

「您的意思是，用不著問得這麼嚴肅，事實已經明明白白地擺在那裡了嗎？」

「嗯，就是嘛。」

「您對老師全心付出，若是突然離開了，老師會怎麼樣呢？對這個社會絲毫不感興趣的老師，在您突然離開以後，會變成什麼樣子呢？我問的不是從老師的立場，而是由您的角度來看，老師會過得幸福，還是淪為不幸呢？」

「要我說呢，這事再明白不過了（或許老師的看法不同）。沒有我，老師只會變得不幸，甚至活不下去呢。這話聽來像是自作多情，可我深信，只有我能讓老師過上現在這般幸福的日子，並且除了我，誰都無法讓老師得到幸福。也因為有這個信念，我才能這樣安穩度日。」

「我覺得老師心裡懂得您的這種信念。」

「那可是另一回事嘍。」

「難道您覺得老師討厭您嗎？」

「我倒不認為他討厭我，畢竟他沒有討厭我的理由。不過，老師不是厭惡這個社會嗎？這陣子，他好像不止厭惡社會，甚至連人都厭惡了。我也是人，所以他應該也不喜歡我呀？」

我總算聽懂了師母的意思，也明白她為何會說老師討厭她了。

十八

師母的明理令我相當佩服。我注意到她的談吐不像傳統的日本婦女，也幾乎不講那些時下流行的時髦用語。

我是個不曾與女性深交的無知青年，只是基於男人的本能，將異性當成憧憬的對象。但那種心情只是一種縹緲的夢境，猶如遙望思念的春雲而已。因此，一旦和真正的女人接觸，我的情感經常會突然產生變化，非但不會被眼前的女人吸引，反倒有股古怪的排斥感。不過，我對師母卻完全沒有那種感覺，也從未感受到男女之間常見的思想差距。我根本忘了師母是女性，只將她視為一位相當中肯評論與同情老師的人。

「師母，我之前請教過您，老師為什麼不到外面做事，當時您說他從前不像這樣一直待在家裡的。」

「是呀，我說過。他以前真的不是這樣的。」

「那時候的老師是什麼樣的呢？」

「如同你所希望的那樣，也是我所希望的那樣，是個有前途的人。」

「為什麼一下子變了個人呢？」

「不是一下子，是慢慢變成這樣的。」

「在老師有所變化的這段期間，師母一直和老師在一起吧？」

「我們是夫妻，當然在一起嘍。」

「那麼，您應當很清楚老師改變的理由了。」

「這就是我納悶的地方，被你這麼一說，心裡更是難受。任我左思右想，也猜不透到底發生了什麼事。從以前到現在，都算不清問過他多少次了。」

「老師怎麼說？」

「他總說『沒什麼好講的，也沒什麼好擔心的，我就是這脾氣』。」

我不再往下問，師母也默然無語。待在傭人房裡的女傭一聲不響。我早把小偷的事忘得乾淨。

「你是不是認為錯在我？」師母驀然問道。

「不。」我回答。

「儘管照實說吧。心口不一的安慰，簡直比拿刀刺我還痛苦。」師母接著說，「我自認為已經把一切全奉獻給老師了。」

「請放心，我敢擔保老師也是這麼認為的。」

師母撥了撥火盆裡的灰燼，再拿水瓶給鐵壺續上水，鐵壺當即不響了。

「我有一天終於忍不住問老師，要是我有什麼地方不好，請他別顧忌儘管直說，能改的我一定改，可是老師卻說我沒有任何短處，有短處的人是他。聽他這麼說，我心裡難受極了，不禁哭起來，愈哭愈想把自己究竟錯在哪裡問個清楚。」

說到這裡，師母已是眼泛淚光了。

十九

我一開始覺得師母是位明理的女子，但在交談的過程中，她的情緒逐漸起了變化，不再是說之以理，而是訴之以情。師母痛苦的癥結在於，自己和丈夫之間分明沒有、也不可能有任何隔閡，但又有個疙瘩卡在中間；她睜大眼睛想看個究竟，可怎麼瞧都是空無一物。

師母原先認定老師是以厭世的眼光來看待這個社會，所以連她也一起厭惡，但內心其實無法接受這樣的結論。經過一番抽絲剝繭，她轉換了想法，推測老師應該是因為討厭她，最後才變成厭惡整個社會。可是任憑她想盡辦法，終究沒能找到堪供佐證的線索。老師一直是個稱職的丈夫，待她溫柔又體貼。師母心中的疑團被丈夫日復一日的溫情層層包裹起來，埋進心底深處，直到那一晚才在我面前揭開了這團疑問。

「你的看法呢？」師母問道，「是我讓他變成那樣的，還是如你所說的人生觀所造成的呢？請坦白告訴我。」

我無意隱瞞，但假使其中真有我不知道的狀況，那麼我的回答將永遠無法讓師母滿意。我深信這當中確實有我不知道的某種狀況。

「我不曉得。」

霎時，師母臉上出現了失望的可憐表情。我連忙補上一句：

「可是我保證老師絕不討厭師母。這是老師親口說過的，我只是如實轉達而已。老師總不是個會講假話的人吧。」

師母沉默了片刻，才又開口說道：

「其實，我一直掛意著一件事……」

「您指的是導致老師變成這樣的原因嗎？」

「是呀。如果真是這個原因，那就不是我的錯，我也可以得到解脫……」

「怎麼回事？」

師母欲言又止，低頭盯著自己擱在膝上的手，半晌才說道：

「我說出來，交給你分析。」

「假如我有辦法分析，自當從命。」

「可我不能全說，統統說了要挨罵的，只挑不挨罵的地方講。」

我緊張得猛嚥口水。

「老師讀大學時有個相當要好的摯友，那個朋友臨畢業前過世了，死得很突然。」師母繼而附耳低聲說道，「事實上，他死於非命。」師母神祕的口吻讓人不由得反問一句「為什麼」。

「我只能說到這裡。自從發生那件事以後，老師的性情就逐漸變得不一樣了。我不知道那個朋友為什麼死了，恐怕老師也同樣不明白吧。但是回想起來，老師似乎就是從那起事件之後，開始出現了變化。」

「那個人的墳墓是在雜司谷嗎？」

「這個問題我也不能回答你。可是，我真的很想知道，失去一位摯友，就足以完全改變一個人嗎？所以才說出來，希望聽聽你的分析。」

依我判斷，答案傾向於否定。

二十

我想辦法說些自己知道的事來安慰師母，師母看來似乎得到不少慰藉。我們在同一個問題上談了許久，無奈我始終沒能掌握事情的梗概，而師母的不安其實正源自於那團迷霧。師母只知道一小部分事情的真相，但即便是知道的部分，也無法和盤托出，以致於出言安慰和接受安慰的我們兩人都像在水面上搖搖擺擺，載沉載浮。在沉浮之際，師母仍將我那毫不可靠的判斷當成了求生繩索，極力伸長手臂試圖攀上它。

十點左右，門口傳來了老師的步履聲，師母彷彿倏然忘了方才的一切，撇下眼前的我趕忙起身，險些迎面撞上拉開木格門的老師。留在起居室裡的我也跟在師母後面上前迎接，只有女傭大概在打瞌睡，始終不見她現身。

老師顯然心情極佳，可師母看來更是高興。我記得不到片刻之前，師母那美麗的眼眸還泛著淚光、濃黑的雙眉仍深鎖緊蹙，我不由得再三打量這非比尋常的變化。倘若師母無意欺騙（實際上我並不認為她有意欺騙），那麼師母今晚的傾訴，未嘗不能看成是一個女人家拿我當作某種感傷遊戲的對象。不過，那時我完全沒有責備師母的想法，反而在看到她臉上散發的光采後，頓時鬆了一口氣，繼而轉念一想，自己大概不必為此擔憂了。

老師滿面笑容地問我：「辛苦你了，小偷沒來嗎？」接著又說：「小偷沒來，會不會覺得沒意思？」

臨走前，師母微微點頭，對我說了句：「真是難為你了。」那語氣似乎不單是因為占用我寶貴的時間而過意不去，更像是打趣我專程趕來卻沒遇上小偷而頗感同情。師母邊說邊把方才我們沒吃完的西式糕點裹成小紙包拿給我，我把它擱進和服的袖兜裡，在行人罕少的寒夜巷弄裡左轉右拐，朝熙熙攘攘的大街快步走去。

我將那一夜的事從記憶中抽出來，在這裡翔實記錄，是因為這段經過有必要寫下來。不過老實說，當天晚上我帶著師母送的糕點回家時，並不覺得那些對話有什麼重要。隔天，我從學校回來吃午飯，看見昨晚擺在桌上的那包糕點，馬上打開來，拿起抹上巧克力的褐色蛋糕咬了一大口。在享用時，心裡想的是送我這塊蛋糕的夫妻倆，真是世上一對幸福的男女。

秋去冬來，這段日子沒什麼事值得一提。我經常到老師家，甚至央請師母幫忙漿洗和裁縫衣物。我以往連和服裡面都不曾穿襯衣，從這時候起，也開始在襯衫外面加件黑領外套了。師母沒有孩子，她說幫著打理我的日常瑣事可以解悶排憂，對她的健康也有好處。

「這可是手工編織的料子喔！我從沒縫過這麼上等的衣服，可就是不好縫，針根本沒法扎過去，還弄斷了我兩根針呢！」

就連這般抱怨的時候，也不見師母臉上露出厭煩的神情。

二十一

入冬以後，我不得不臨時返鄉一趟。母親捎來一封信，信裡提到父親發病的經過，還說病情不太樂觀，雖說眼下還不需擔心，畢竟有了歲數，囑咐我還是盡量抽空回去探望。

父親患有腎病。這是慢性疾病，就和一般中年人身上總有幾處小毛病一樣，他自己和家人向來認為只要平時多留心，病情不至於急轉直下。事實上父親的確養身有方，每當家有訪客，他總要吹噓自己靠著這套保養之道捱過了幾次關卡，算得上硬朗。母親信裡說，父親某天正要去院子做事時，突然一陣頭昏，摔到地上。家裡人誤以為是輕微的腦溢血，立刻按症搶救。後來經過醫生診斷，似乎不是腦溢血，而是由宿疾引發的症狀，大家這才知道原來是腎病造成了昏倒。

再過不久就要放寒假了，我本想等到學期結束也無妨，就這麼拖了一兩天。可是在這幾天當中，眼前不時浮現父親臥病在床的身影和母親滿面的愁容，我再也受不了心裡的折磨，終於下定決心回家。為了省去家裡寄送車資的手續和時間，我打算向老師報告一聲時，順便借支盤纏。

老師那天染了些風寒，懶得到客廳，讓我進去他書房。許久不見的冬陽從書房的玻璃窗暖暖地灑落在桌布上。老師這間光線充足的房間裡擺上一只大火盆，擱在三腳環架上的金屬臉盆裡燒著水，氤氳的熱氣讓老師呼吸起來舒服一些。

「這種小感冒真討厭，倒不如重病一場來得好。」

老師說完，看著我露出苦笑。

老師不曾生過重病。聽他這麼說，讓我直想發笑。

「感冒這種小病我還忍得住，再嚴重的可就吃不消了，老師應該和我一樣吧？若是有過經驗，一定會明白我的意思。」

「是嗎？我倒覺得真要生病，不如得個絕症來得乾脆。」

我沒把老師的話聽進去，隨即提起母親的來信，向他開口借錢。

「沒錢可不成。這點數目我手邊應該有，你先拿去應急！」

老師喚來師母，請她拿來我需要的金額。師母到裡屋的碗櫥抽屜裡取出錢來，禮數周到地墊了張宣紙才遞給我，並且問道：

「想必很擔心吧？」

「昏倒好幾次了嗎？」老師問我。

「信上什麼也沒提……這種病會經常昏倒嗎？」

「對。」

直到這時我才知道，原來師母的母親也因為和父親得同一種病而過世了。

「這麼說，這種病很難治吧？」我問道。

「是呀。真希望我當時能代替母親受苦。……令尊想吐嗎？」

「不曉得，信上沒寫，大概沒這症狀吧。」

「只要不想吐就還不嚴重。」師母說道。

那天夜裡，我搭上火車離開了東京。

二十二

父親的病情比想像中來得輕。我到家的時候，只見他盤腿坐在床鋪上說道：「我是不想讓大家擔心，這才勉強待在床上。哎，都是你們瞎操心，其實早就不礙事啦！」第二天他終究不顧母親的勸阻，下床走動。母親無奈地疊起粗布被褥，一面嘟囔著：「你爹一瞧見你回家，突然逞起強來。」可我倒不覺得父親像在逞強。

我哥哥遠在九州工作，非有要事才會回來探望父母。妹妹嫁到外地，也唯有遇上緊急情況才好喚她回來。三兄妹中，只有還在讀書的我最方便差遣。父親相當滿意我擱下學校的功課，聽從母親的囑咐在放寒假前趕回來。

「不好意思，區區小毛病害你請了假。都怪你娘信裡寫得太嚴重了。」

父親不單講得輕鬆，還讓母親把久臥的被褥收拾起來，以示自己健康如昔。

「您可不能太大意，否則病症復發就糟了。」

父親對我的關懷很是開心，卻沒真正聽進去。

「哎，不礙事，只要和平時一樣留神些就行啦！」

父親的病似乎真的不大要緊。他在家裡行走自如，胸口不喘，頭也不暈，只是氣色極差。不過這些症狀由來已久，我們也沒特別放在心上。

我給老師寄去一封謝函，感謝他預支旅費，並告知年後返回東京時便會歸還，請他稍待一些時日。接著報告父親的病況不若想像那般嚴重，目前沒有暈眩和噁心的症狀，暫時可以放心了。最後，儘管未將老師的感冒放在心上，我仍順帶問候一聲是否已經痊癒。

我寄出這封信時，壓根不認為老師會回信。送出信後，我和父母聊起老師的事，心裡想像著遠方的老師在書房裡的模樣。

「這趟去東京，送些香菇給老師吧。」

「嗯，但是不曉得老師喜不喜歡吃香菇乾？」

「算不上多好吃，但應該沒人不愛吃吧？」

我不大能將香菇和老師聯想在一起。

接到老師的覆信時，我有些訝異，更令我吃驚的是，信裡並沒有提及要緊的事。我猜，老師只是基於關心才回了信。若是這樣，這短短的一封信使我倍感喜悅，尤其這是老師寄給我的第一封信。

說是第一封信，大家會以為我和老師之間經常書信往返。我必須先說明，事實絕非如此。老師在世時僅僅寄給我兩封信，一封是現在這封簡短的回信，另一封便是老師臨死前寫下的長信。

父親的病症不適合激烈運動，下床以後幾乎都待在家裡。一個陽光和煦的午後，父親到院子裡走一走。我擔心他身體不適，陪在他身旁，還想讓他將手搭在我肩上行走，但父親只笑了笑，沒有照做。

二十三

我經常陪無聊的父親下日本象棋。兩人同樣生性懶散，便把棋盤架在被爐的木框上，一起窩在暖和的被爐裡下棋，而且輪到自己下一著棋時，才肯從被子下面伸出手來。我們不時弄丟贏來的棋子，直到下一盤對弈時才發現。甚至曾經發生過母親在爐裡的灰燼中瞧見棋子，拿火鉗掏夾出來的趣事。

「圍棋的棋盤有腿，高度太高，沒法擺在被爐上面，比起來還是下日本象棋來得舒服，對咱們這種懶人再好不過啦！再來一盤吧！」

父親贏棋時總說再來一盤，輸棋時照樣說再來一盤。總之，不論輸贏，父親就是喜歡窩在被爐裡下棋。起初，這種頗具隱居氛圍的娛樂讓我覺得挺新鮮的，很有意思，隨著時間一長，血氣方剛的我再也無法滿足於這種平淡的遊戲了。我時常忍不住把手心攢著「金」或「香車」棋子的拳頭高舉過頭，打起大大的呵欠來。

我思念起東京的生活了。我聽見心臟的深處，傳來血潮激盪的搏動聲響。我在一種微妙的意識狀態中，感受到老師的力量強化了那股奇特的心臟搏動。

我暗自將父親和老師作了一番比較。從社會的角度來看，兩人的個性同樣溫吞老實，不會有人聞問他們是生是死，也沒有任何人認同他們。這位喜歡下棋的父親，甚至不夠資格做一個稱職的玩伴，反倒是在度假地認識、進而往來的老師，雖不曾與他相偕出遊，卻帶給我思想上的影響。思想這個詞彙聽起來過於冷漠，我想改說是情感。對當時的我而言，即便說老師的力量滲入了我的肉體、老師的生命注入了我的血液，亦毫不為過。父親當然是我的生身之父，而老師自然只是個外人。當這個再明顯不過的事實擺在面前時，我卻宛如發現了某種偉大的真理一般，頓感錯愕。

就在我開始覺得無聊的時候，原本被父母視若珍寶的我也逐漸變得平凡無奇了。大凡暑假返鄉的人，應該都有過這樣的經驗。剛回來的一個星期左右，家裡奉為上賓，百般款待，一旦過了這個時期，家人開始冷淡下來，到最後甚至隨意對待，家裡有沒有你這個人都無所謂了。我待在家裡的這段期間，同樣經歷過這樣的遭遇。

再加上我每次返鄉，總是帶回一股父母難以理解的東京習氣。就像俗話說的，把天主教徒的作風帶進信奉儒道的屋宅裡一樣，我身上的習氣總是與父母格格不入，儘管我想辦法掩飾，無奈沾染已久的習氣總是會被他們嗅出來。到頭來我也覺得沒意思，只想早早回到東京。

所幸父親的病況還是老樣子，沒有絲毫惡化的跡象。為求慎重起見，特意從遠處請來高明的醫生詳加診療，同樣沒有發現其他症狀。我於是決定提前早在寒假結束前離開老家。人的情感還真奇妙，我一說要走了，父母竟都齊聲反對。

「這就要走了？不是還早嗎？」母親說道。

「再住上四、五天也不遲呀？」父親也幫腔。

我仍在自己決定的日期啟程了。

二十四

返回東京時，家家戶戶裝飾的門松早就撤下，大街上寒風吹襲，慶賀年節的景象已經無蹤無影了。

我隨即到老師家還錢，也把香菇帶去送上。一語不發拿出禮物顯得有點冒昧，所以我特地向師母解釋這是家母的一點心意，才把香菇擺到她面前。香菇裝在一只簇新的糕餅盒裡。師母很客氣地道了謝，起身順手拿到隔壁房間時發現盒子很輕，訝異地問道：「這是哪一種糕餅呢？」師母與熟人交談時，便會自然流露出極為天真的孩子模樣。

老師與師母都對父親的病情相當掛念，垂問了諸多事項。老師說道：

「照這樣講來，目前應該沒什麼大礙，不過到底是個病，還是得多加小心。」

老師對於腎病的了解遠遠在我之上。

「這種病的特點是，病人根本察覺不到自己已經染病，所以也不會特別留意。我認識的一位軍官就是被腎病害死的，睡在他身邊的妻子連送他到醫院照料都來不及，就這麼猝不及防地離開人世了。他半夜叫醒妻子說是有些難受，隔天早上就死了，他妻子只當丈夫還在睡覺呢。」

對父親病情向來抱持樂觀的我頓時憂心忡忡。

「誰也無法保證家父會不會這樣吧。」

「醫生怎麼說的？」

「醫生說沒法治癒，不過暫時還用不著擔心。」

「既然醫生這麼說，那就不會有事。我方才說的那個人根本不曉得自己罹了病，而且還是個完全不注意自身健康的軍人。」

我稍稍安心了一些。老師一直留意我臉上的神色，這時又補上一句：

「話說回來，不管是健康還是生病，人終歸是不堪一擊的。難保某個時刻會由於某種原因，就這麼死掉了。」

「老師也會思考這種事嗎？」

「雖說我身體健康，也得想想這種事。」

老師的嘴邊湧上了一抹笑意。

「暴斃事件不是時有所聞嗎？那還屬於自然死亡，也有人不到眨眼工夫，就死在非自然的暴力之下了。」

「什麼叫非自然的暴力？」

「我也不清楚那是什麼意思，不過自殺的人不都是使用非自然的暴力嗎？」

「那麼遭到殺害的人，也是死於非自然的暴力之下囉？」

「我倒是從沒想過遭到殺害的人屬於哪種死因。這樣說來，的確是這樣沒錯。」

那天只談了這些，我就回去了。回去以後對父親的病稍微釋懷了一些。老師提到的自然死亡，以及死於非自然的暴力等等話題，也只在當時有些淡淡的印象，後來並未在我腦海裡留下深刻的記憶。我想到畢業論文，之前曾經幾次打算動筆，卻始終沒寫，再不正式著手就來不及了。

二十五

我若想在當年六月如期畢業，就得按照規定於四月底前完成這篇論文。屈指算算剩餘的時間，二、三、四……，當我發現僅剩三個月時，不禁懷疑自己是否太有信心了。其他同學早就在蒐集資料、勤作筆記，人人看來都忙得團團轉，就我至今尚未動手準備。我原先下定決心，一等開了年就發憤圖強，無奈決心是下了，一旦真要動手，卻不知道該從何做起。目前為止，我只提出一個大哉問，空有架構卻無內容，現在開始抱著腦袋乾著急。後來我打算縮小論文的範圍，並且為了省去系統化歸納自己的想法的麻煩，只節錄書中既有的文字，最後添寫適當的結論就算了事。

我選擇的題目與老師的專長相當接近，因此曾徵詢過老師的看法，他回答這題目還算可以。此時心急如焚的我趕緊跑到老師家請教必讀的參考書目。老師很爽快地知無不言，還借給我兩三本重要的書籍，但卻絲毫不願意就論文內容給予指點。

「我已經不大讀書，不清楚新近的知識了。你最好還是去請教學校的老師。」

那時，我倏然想起師母告訴過我，老師有一段時期耽讀不懈，後來不曉得什麼原因，再也不像過去那樣沉浸於書海了。我不由得忘了論文的事，開口問道：

「老師為什麼不再像以前那樣喜歡讀書呢？」

「沒什麼特別的理由。大概是覺得讀再多書也不會有了不起的作為吧。另外就是……」

「另外？還有其他原因嗎？」

「也談不上什麼大不了的原因，只是以前答不出別人的提問就覺得無地自容，近來發覺有所不知其實算不上什麼羞恥，也就提不起精神強迫自己讀書了。簡單一句話，人老嘍！」

老師的語氣還算平靜，聽不出厭世之人的苦澀，因此我也沒有特別的回應。我既不覺得他已步入老邁，也不覺得他特別偉大，那天就這麼告辭了。

接下來的日子，我猶如一個受到論文詛咒的精神病患，天天眼泛血絲，苦不堪言。我從一年前畢業的朋友那裡聽來了不少訊息。有一個是在截止期限當天搭車直奔教務處才趕上交卷，另一個人是在超過截止期限的五點十五分才把論文送到，險些慘遭拒收，多虧系主任通融總算順利繳交。我愈聽愈是膽戰心驚，於此同時，也堅定了非得及時完成不可的決心。從此，我過起了成天伏案趕工的生活。我在幽暗的書庫裡穿梭於高大的書架間，好似收藏家搜尋骨董時，以鷹視虎眈的目光掃過書脊上每一個燙金的文字。

梅花綻放，寒風逐漸遠去南方。又過了一些時日，櫻花盛開的消息陸續傳入我的耳中。饒是如此，我仍像馱轎的馬匹一樣，承受著論文的鞭打，朝前方疾奔而去。直到四月下旬，我總算依照進度完成這篇論文。這段期間，我不曾跨進老師家一步。

二十六

終於，在八重櫻盡數飄落的枝頭上萌發出青翠如霧的嫩芽的初夏時節，我重獲自由了。我像一隻掙脫牢籠的小鳥，放眼望著這片遼闊的大地，自由自在地振翅高飛。我立刻去了老師家。枳殼圍籬黑褐色的枝條上抽出新芽，溫煦的陽光灑在從石榴樹的枯幹長出來、泛著光澤的褐色葉片上，無處不吸引著我的視線，彷彿生來頭一次見到這情景似的，倍感新奇。

老師見我滿面春風，問道：

「論文已經寫完了？真是太好了。」

「託您的福總算完成了，接下來沒有別的事要忙了。」

說實話，當時我的心情輕鬆極了，自己應做的工作都已結束，往後可以盡情玩樂了。我對自己寫完的論文有十足的信心，也相當滿意，不禁在老師面前喋喋敘述論文的內容，但他只以一貫的口吻應了幾句「原來如此」、「是這樣呀」，依然不肯給予任何意見。老師的這種反應讓我有些意猶未盡，甚至可說是掃興。雖是如此，那天我渾身上下精力充沛，忍不住摩拳擦掌，打算對老師向來因循守舊的態度來個回擊。我邀老師到新綠正濃的大自然裡走一走。

「老師，一起出門散散步吧。到外面走走，心情好得很呢。」

「上哪去？」

去哪裡我都不在意，只是想陪老師到郊外散心。

一小時後，老師和我果真離開市區，信步來到不知該算是村落抑或是鄉鎮的幽靜之處。我從種著光葉石楠的樹籬上摘下一片新葉，吹起葉笛來。我有個來自鹿兒島的朋友會吹葉笛，我學著學著也就會了，現在已經吹得相當不錯。我得意地炫耀著這項技能，老師卻若無其事地兀自走開。

走了一會兒，我們來到布滿蓊鬱綠葉的一間低矮房屋，屋前有條小徑。釘在門柱上的牌子寫著某某園，可見這裡不是私人住宅。老師望著這條長長的緩坡小徑，說道：「進去看看吧！」我當即應道：「這裡應該是苗圃。」

我們繞過一片植栽往上走，山坡的左邊有一間拉門大敞的屋子，裡頭連個人影也沒有，唯有一只大缸擺在屋簷下，飼養的金魚在缸裡不停游動。

「這裡真安靜。沒打聲招呼就進來，不要緊嗎？」

「應該不要緊。」

我們繼續往裡面走去，依然沒瞧見人影。盛開怒放的杜鵑花宛如熊熊燃燒的火焰。老師指著其中一株高大的濃橘色杜鵑花說：「這品種大概是霧島。」

這裡也種了十多坪的芍藥，可惜未逢花期，一朵花也沒開。在這片芍藥花田旁有一張老舊的長凳，老師往上一倒，躺成了大字型，我坐在長凳的尾端抽起菸來。

老師望著清澄的藍天，我則受到身旁一大片新葉的色彩深深吸引。仔細打量每一枚新葉，顏色全都不一樣，即便是同一棵楓樹的葉子，也沒有任何一枚的顏色是相同的。一陣風吹來，把老師隨手扔掛在一株纖細的杉樹苗上的帽子給吹下來了。

二十七

我趕緊拾起帽子，以指甲撣去沾附多處的紅土，喚了一聲：「老師，帽子掉了。」

「謝謝。」

他微微撐起上身接過帽子，以這種說不清是想起身還是躺下的姿勢，問了我一個奇怪的問題。

「恕我冒昧，請問你家的財產多嗎？」

「算不上多。」

「再問一件，別見怪。大概有多少呢？」

「嚴格說來，只有一些山林和田地，現錢幾乎沒有。」

這是老師首度正面詢問我家的經濟狀況。至於老師如何維持日常支用，我還不曾問過。自從結識老師之後，我便納悶他為何可以終日無所事事，並且一直把這個問題掛在心上，可又覺得不便向老師提及這般露骨的疑惑，只得等待適當的時機。此時，鮮嫩的新綠撫慰著我疲憊的雙眼，我的心思忽又轉到了這個問題上頭。

「那麼老師呢？您大約有多少財產呢？」

「你看我像個有錢人嗎？」

老師平時衣著相當樸素，而且家裡人口不多，住屋說不上寬敞。不過，連我這外人也看得出來，他們的物質生活堪稱富裕。也就是說，老師的生活即便算不上奢華鋪張，卻也絕不是寒磣窘迫。

「應該是呀！」我說道。

「我是有些錢，但絕不是個富翁。富翁應該蓋一棟更大的樓房。」

說到這裡，老師起身在長凳上盤腿而坐，並拿竹杖在地面上畫了一圈，畫完之後把竹杖往中央筆直一插。

「可我以前是個有錢人喔。」

老師的話像是自言自語，我一時沒能接口，只得閉嘴噤聲。

「你知道嗎？我以前是個有錢人喔！」

老師又說了一遍，看著我微微一笑。但我還是想不出適當的應答，不知道該怎麼回話。老師又另起了一個話題：「令尊的病情有沒有什麼變化？」

過完年後，我就沒再聽說父親的病況了。每月從老家連同匯票一同寄來的短箋，照例是父親親筆提寫的。信上對病情隻字未提，而且筆跡也很工整，絲毫沒有這類病患因手顫導致文字難以辨識的情況。

「信裡什麼也沒有說，大概還可以吧。」

「這樣就好。不過，總歸是個病，還是得留意。」

「還是會惡化嗎？但是信裡沒提到什麼，目前應該還算穩定吧。」

「這樣啊。」

我以為老師只是閒話家常，隨口問問我家的財產和父親病情，完全沒想過他是刻意連結兩者，另有弦外之音。我不曾經歷過老師的遭遇，自然不會往那方面想。

二十八

「我只是覺得府上若有財產，最好現在先妥善安排。恕我多事，還是趁令尊健在的時候，拿到你應得的部分才好。假如有個萬一，最麻煩的就是財產處理了。」

「好的。」

我其實沒把老師的話聽進去。因為我相信家裡沒有一個人會擔心這件事，不單是我，包括父親和母親都一樣。老師的這番話過於務實，與他平日的態度截然不同，令我有些訝異。不過基於對長輩應有的尊敬，我選擇三緘其口。

「我方才那段話聽起來像是考慮令尊的身後事，如果讓你不快，請原諒。不過，人終究免不了一死，再健康的人，也可能突然撒手人寰。」

老師的口吻帶著罕見的苦澀。

「我一點也不介意。」我連忙解釋。

「你有幾個兄弟姐妹？」老師問道。

老師又問了我家裡有多少人、有沒有親戚，以及伯叔嬸母的為人等等。最後這樣說道：「全都是好人嗎？」

「應該沒什麼壞人，差不多都是鄉下人。」

「鄉下人就一定不是壞人嗎？」

我被逼問得招架不住。老師不給我思索的時間，緊接著說：

「鄉下人反倒比都市人更壞。還有，你方才說，那些親戚應該沒什麼壞人，難道你以為世上有人一看就知道是壞胚子嗎？世上根本沒有那種同一個模子印出來的壞人。最可怕的是，大家平時都是好人，至少是普通人，可是一遇上切身相關的重要時刻，就會搖身變成壞人。千萬大意不得！」

老師似乎意猶未盡，我也想說點什麼。不料一陣狗吠聲忽然從後面傳來，老師和我都嚇得回頭張望。

最可怕的是，大家平時都是好人，至少是普通人，可是一遇上切身相關的重要時刻，就會搖身變成壞人。千萬大意不得！

平生はみんな善人なんです、少なくともみんな普通の人間なんです。それが、いざという間際に、急に悪人に変るんだから恐ろしいのです。だから油断が出来ないんです。

從長凳側邊往後種植的杉樹苗旁，有一塊約莫三坪大小的地面，上面長滿了茂密的山白竹。狗兒從山白竹上探頭露背，狂吠不止。這時，一個十歲左右的孩童跑來罵了狗。這孩童戴著一頂別上徽章的黑帽子，繞到老師面前鞠了躬，問說：

「叔叔，您們進來的時候，屋裡沒人嗎？」

「沒看到人。」

「阿姊和娘都在後門那裡呢！」

「這樣啊，原來家裡有人。」

「是呀。叔叔，您進來前要是能招呼一聲就好了。」

老師苦笑一下，從懷裡掏出錢包，把一枚五錢的鎳幣塞到孩童的手裡。

「去跟你娘說一聲，借我們在這裡歇歇腿。」

孩童朝我們點點頭，聰慧的眼眸裡漾著笑意。

「現在輪到我當偵察隊長喔！」

孩童扔下這句話，鑽過杜鵑花圃衝下坡去。那隻狗也撅高尾巴，跟著跑開了。不多久，兩三個年齡相仿的孩子循著方才那個偵察隊長的方向奔了過去。

二十九

被那隻狗兒和孩童這麼一打岔，老師的話沒能講完，我也抓不到頭緒。至於老師耿耿於懷的財產安排，我那時候根本沒當一回事。就我的性格和情況而言，當時實在不必煩惱這些利害關係。回頭想想，應該是我還涉世未深，或者說沒有親身經歷的緣故吧。年紀輕輕的我，總覺得金錢問題離自己還很遙遠。

在老師的那些話之中，唯獨一項我想問個究竟。那就是「一遇上切身相關的重要時刻，就會搖身變成壞人」這段話的含意。我明白字面上的意思，但是不懂老師的言下之意。

狗兒和孩童離去以後，滿園的新綠重歸寧靜。我們彷彿被沉默封了口，好半晌一動不動。清澈的天色漸漸黯淡下來，眼前一棵看似楓樹的枝椏上鮮翠欲滴的嫩葉隨風輕搖，這時也不再閃泛著光澤。遠處大街傳來貨車行駛的轟隆作響，我猜想大概是村民載著盆栽去趕集。老師聽到了噪音，彷彿從冥想中醒轉過來，起身說道：

「差不多該回去了。天色雖然暗得慢，像這樣閒逛，不知不覺就要天黑了。」

老師方才躺在長凳上，背後黏上了不少東西，我兩手忙著拍落下來。

「謝謝，沒染上樹脂？」

「都拍乾淨了。」

「這件外褂是剛做的，若是弄髒了回去，妻子准要責怪的。謝謝。」

我們又走到緩坡途中那間屋子的門前。我們進來時不見人影，這時卻見老闆娘和十五、六歲的小姑娘一起在簷廊纏著線軸。我們從大魚缸旁邊招呼了一聲：「不好意思，打擾了。」「哪裡，招待不周，真抱歉。」老闆娘回了禮，又謝謝老師方才送了鎳幣給孩童。

離開屋門，走了兩三百公尺，我終於忍不住問了老師：

「老師方才說，『任何人一遇上切身相關的重要時刻，就會搖身變成壞人』，那是什麼意思呢？」

「這個嘛，沒什麼深刻的含意。也就是說，我講的不是道理，而是事實。」

「就算是事實也無妨，我想問的是，您所謂『切身相關的重要時刻』，到底是指什麼情況？」

老師笑出聲來。這笑容彷彿表示那個話題已經結束，沒興致再多談了。

「就是錢呀！錢在眼前，就算是君子也會馬上變成壞人的。」

老師平凡無奇的回答令人洩氣。不單老師對這話題沒了興致，我也覺得有些掃興。我強打精神，邁開大步，老師逐漸落後。

「等等……」他在後面喚了幾聲，「瞧瞧！」

「怎麼了？」

「瞧瞧你，我不過說一句話，你就不高興了。」

我那時被喚住，停下腳步轉身等他。老師注視著我的臉這樣說道。

三十

那時候我對老師很是嘔氣。兩人並肩走著，我刻意憋住疑慮不發問。不曉得老師是否注意到我的神色有異，總之看不出他有任何尷尬的表情，依舊一派從容地保持沉默，信步而行。我有些惱怒，忍不住想還以顏色。

「老師。」

「什麼事？」

「方才在苗圃的院子裡休息時，老師有些憤慨喔。我很少見到老師如此憤慨，今天算是開了眼界。」

老師沒有馬上接口。我覺得自己戳中了他的痛處，但又好像只是擦邊而過，一時不知如何是好，便不再多言。老師忽然走向路邊，站在修剪整齊的圍籬前撩起衣襬小解。我愣怔站在原地等著他。

「哎，久等了。」

老師說完，逕自邁步而去。我只得放棄了給老師難堪的念頭。街上愈走愈熱鬧，早前零星分布的寬廣的坡田和平地都不見了，夾道兩旁皆是櫛比鱗次的房舍。在不少宅院的角落裡，依然可瞥見豌豆藤沿著竹棚盤旋而上，還有雞隻被圈養在鐵絲網裡，顯得格外清靜。從城裡回來的馱馬不斷從我們身邊走過。我深受這些情景的吸引，剛才擱在心裡的疙瘩已經不曉得丟到哪裡去了。直到老師突然舊話重提，其實我早把那事忘記了。

「我方才真有那麼憤慨嗎？」

「也沒多麼憤慨，只是有一些些……」

「不，被你看穿了也所謂，我是真的說得憤慨了。只要提到財產，我就會憤慨起來。雖不知在你眼裡我是個什麼樣的人，其實我相當記仇，但凡受了屈辱與傷害，就是過了十年、二十年，依然會牢牢記在心裡！」

老師的這席言論比早前更加強烈。不過令我錯愕的不是他的語氣，而是他話裡傳達的意思。即使相熟已久，當我從老師口中聽到這樣的告白，仍是大感意外，想不到他的個性竟會記仇。一直以為老師是個比較懦弱的人，他那懦弱而高尚的稟性，正是我仰慕他的理由。我一時氣不過，原想頂撞老師幾句，在這番話面前頓時勇氣盡失。老師接著說道：

「我曾經受騙，而且是骨肉至親騙了我。我永遠不會忘記他們在家父面前佯裝好人，結果家父剛一嚥氣，他們就變成難以饒恕的卑鄙小人。我從小到現在始終背負著他們施加於我的屈辱與傷害，恐怕這一輩子都無法卸下。我一生都會記住他們對我做的事，只是至今還沒報復。仔細想想，我現在的所作所為，已經凌駕在個人的仇恨之上。我不僅痛恨他們，甚至痛恨所有像他們這樣的人。我已經受夠了。」

我竟找不到任何安慰之詞。

三十一

那天的談話到這裡為止。或者說，我有些懼怕老師的態度，不敢再問下去了。

我們在市郊搭上電車，在車裡幾乎沒有交談，下車後就要各自回家了。我向老師告辭時，老師又變了個人似的，比平日更加爽朗地對我說：「從現在到六月是最快樂的時光，甚至可能是你一生中最開心的日子，儘管玩個痛快吧！」我笑著摘下帽子致意，望著老師的面容，心中忖想老師真會打從心底痛恨所有人嗎？他的眼神、他的嘴巴，沒有流露出一絲一毫厭世的神態。

坦白說，老師的思想啟發使我獲益良多。但不得不說，我更多的時候往往求之而不得。老師的言談時常令人不解其意。那天我們在郊外的談話，便是留在我記憶中摸不著頭緒的事例之一。

有一天，我終於不客氣地當著老師的面講出這件事。老師笑了起來。我是這麼說的：

「如果是腦筋不好、說話沒有要領，也就罷了；可您分明理路清晰，卻又不肯把話說清楚，太為難人了！」

「我什麼也沒有隱瞞。」

「您有話藏著沒說出來！」

「你莫非把我的思想、見解，和我的過往，全都混為一談了？我雖是個缺乏見地的思想家，可我不至於拚命掩飾自己腦中歸納出來的看法，因為根本沒有必要隱瞞。不過，要我把過去的一切全攤在你面前，那又是另一回事了。」

「我不認為那是另一回事。老師的思想源自於過去的經驗，所以我特別重視。我認為如果把二者分開來談，那就毫無價值了。這就好比塞給我一個沒有注入靈魂的玩偶，我怎麼可能滿足呢！」

老師難以置信地看著我，持著菸捲的那隻手微微顫抖。

「你膽子真大！」

「我只是真心想知道而已。我真心想從人生中汲取教訓。」

「不惜揭發我的過去嗎？」

「揭發」二字猶如轟天巨響，在我耳中驟然炸開。此刻坐在我面前的，彷彿不是我平時敬重的老師，而是一個罪人。老師面色鐵青。

「你當真要問嗎？」老師進一步確認，「過去的遭遇，使我無法相信別人，其實連你也不能信任。不過，唯獨你，我真的不願意懷疑。你太單純了，單純得令人沒辦法懷疑。我多希望在死前能夠相信一個人，哪怕只有一個人也行，我希望在信任中離開人世。你能成為那唯一的人嗎？你願意為我成為那一個人嗎？你的真心是由衷的嗎？」

「如果我面對自己生命是真心的，那麼我現在說的話也是真心的！」

我的聲音發顫。

「好！」老師說道，「我願意講。我會把我的過去毫不保留地全部講給你聽。不過……不，沒關係。只是我的過去或許對你沒有太大的助益，說不定不聽更好。另外就是，你先別急，我現在還不能說。時機不對，我是不會說的。」

即使回到住處以後，我心裡的那股壓迫感依然揮之不去。

三十二

我對自己這篇論文的評價，似乎比教授來得高多了，所幸仍按計畫順利通過了。舉行畢業典禮那天，我從衣箱中翻找出透著霉味的舊冬服穿上。列隊站在禮堂裡的每一個人，無不熱得一臉難受。我全身裹在一件密不透風的厚毛料中，難受得要命，才站不到一會兒，握著的手帕就已濕透了。

典禮一結束，我立刻回家脫個精光，打開二樓的窗子，把畢業證書捲成一只望遠鏡筒，極目遠眺這個世界，然後就把那張證書扔到桌上，往房間的正中央仰頭一倒，躺成大字形。我躺著回顧自己的過去，也想像自己的未來，赫然發現劃分過去與未來的這張畢業證書成了一張奇怪的紙，既像具有某種意義，又似毫無意義可言。

那天晚上，我受邀到老師家享用晚餐。老師很早就叮嚀我，畢業那天晚上不能去其他地方，要到老師家吃飯。

餐桌如常擺在靠近客廳的簷廊邊。織花桌布漿洗得十分硬挺，在電燈的照射下顯得美觀而清爽。每次上老師家的餐桌，碗筷必定擺在西餐廳常見的那種白色亞麻桌巾上，而且總是洗得潔白無比。

「這跟衣領和袖口一樣，若是弄髒了還拿來用，還不如一開始就用帶顏色的。要用白的，就得是純白的才行。」

聽老師這麼一說，可以知道他有潔癖。他的書房總是收拾得有條不紊。我對這類生活瑣事一向不在意，老師的這種特質經常讓我留下很深的印象。

「老師有潔癖哦。」我有一次對師母這樣講，當時她的回應是：「可他對穿著並不那麼講究。」老師在一旁聽了以後笑道：「說實在的，我一直深受精神潔癖所苦。仔細想想，無非是庸人自擾。」我不確定他所謂的精神潔癖，到底是俗稱的神經質，還是道德上的潔癖。師母似乎也不太清楚。

那天晚上，餐桌上照例鋪著白色桌巾，我和老師隔桌對坐，師母則面向院子，獨坐另一側。

「恭喜！」老師向我舉杯道賀。這杯酒並未給我帶來多大的喜悅。原因之一是我心裡對這句話無法產生雀躍的共鳴，另一方面是老師的語氣也無法誘發我的欣喜。老師笑著舉起酒杯。他的笑容看不出絲毫狡猾的譏諷，卻也找不到真心誠意的祝賀。老師的笑容傳達給我的訊息是：「一般人在這種場合上總要說句恭喜呀。」

「真是太好了！令尊令堂想必非常欣慰。」聽師母這麼一說，我倏然想起罹病的父親，真想趕快把畢業證書帶回去給他看。

「老師的畢業證書呢？」我問道。

「我的畢業證書……大概收在哪裡吧？」老師問了師母。

「是呀，應該收起來了。」他們兩位都不清楚畢業證書放在什麼地方了。

三十三

用餐時，師母讓坐在一旁伺候的女傭退到隔壁房間，由師母親自為我們盛飯。這似乎是老師家招待熟朋友的慣例。頭一兩回我還挺彆扭的，幾次下來，也就順理成章地把碗遞給師母添飯了。

「要茶還是添飯？胃口真不錯。」

師母也沒當我是外人，有時想到什麼就說。然而那天畢竟天氣熱，我的食欲沒好到能讓師母出言調侃。

「這就飽了？近來你的飯量變少了唷！」

「不是飯量變少，而是熱得吃不下了。」

師母喚來女傭收拾了餐桌，送上冰淇淋和水果。

「這是自家做的喔！」

師母閒來無事，還能親手做冰淇淋請客人品嚐。我連吃了兩杯。

「你終於畢業了，接下來有什麼計畫？」老師問我。他往簷廊挪了挪，倚著拉門坐在門檻上。

我只想到自己畢業了，還沒做今後的打算。師母見我遲疑未答，幫著出主意：「當老師？」我還是猶豫不決，她繼續提建議：「不然，公務員？」我和老師都笑了起來。

「老實說，我還沒想過以後要做什麼。真的完全沒思考該從事什麼行業。不曾體驗過，也不曉得哪種工作好或不好，根本無從選擇。」

「話也有道理。不過，你是家裡有錢才能這樣滿不在乎。瞧瞧那些窮人家的孩子，可沒法像你這般從容悠哉了。」

我有個朋友還沒畢業就忙著探聽中學教員的工作了。我心裡同意師母說的是事實，嘴裡卻這樣說：「多少受到老師影響吧。」

「他可給不了像樣的好影響！」

老師笑得無奈，說道：

「就算是我的影響也不打緊，不過上回跟你提過，一定要趁令尊在世時，分得應有的財產。在分到財產之前，務必要小心防範！」

我想起杜鵑花開的五月初，和老師在郊外苗圃那座大庭院裡的談話。當天在回程的路上，老師語帶憤慨的強烈言詞，再一次於我耳畔響起。那些言詞非但強烈，甚至相當嚇人。然而對於不明真相的我，那番話並未達到應有的震撼作用。

「師母，府上的財產相當多吧？」

「怎麼會問起這個呢？」

「問了老師也不告訴我啊。」

一定要趁令尊在世時，分得應有的財產。在分到財產之前，務必要小心防範！

お父さんの生きてるうちに、相当の財産を分けてもらって
お置きなさい。それでないと決して油断はならない。

師母笑著朝老師投去一瞥。

「那是因為數目不值一提嘛。」

「請告訴我大概要有多少財產，才能過上像老師這樣的生活，以便回去和家父交涉時做個參考。」

老師望著院子，一副與己無關地抽著菸。我只好請教師母了。

「這個嘛，談不上有多少，只是日子還過得去就是。這事不重要，重要的是你接下來得找到事情做呀，可不能像老師那樣閒著沒事……」

「我也不是成天閒著沒事！」

老師稍稍側過臉，反駁了師母的話。

三十四

那天晚上，我在老師家待到十點多才告退。由於那兩三天就要回老家，所以我離開前先向他們辭行。

「又有一段時間無法來向您們請安了。」

「九月會回來這邊吧？」

我已經畢業了，沒必要非在九月份回到這裡不可，更不想在八月份待在東京熬過酷暑。我並不需要把握分分秒秒，汲汲營營於謀職。

「嗯，大概是九月前後吧。」

「那麼，請多保重。我們這個夏天說不定會找個地方避避暑氣，實在太熱了。如果去了，再寄張明信片給你。」

「若要旅行，打算上哪裡呢？」

老師只滿面笑容地聽著我和師母一問一答。

「急什麼，連要不要出遠門都還沒決定。」

我正要起身，老師突然對著我問道：「令尊的病況如何？」

我完全不曉得父親的病情進展到什麼程度了。只是心想信上既然並未特別提起，大概就是沒有繼續惡化。

「這種病可不能等閒視之！萬一併發了尿毒症，可就藥石罔效了。」

我不明白尿毒症為何。上次寒假在老家請教醫生時，也沒聽過這個專有名詞。

「真的要格外留神呀！」師母也說，「這可不是鬧著玩的。若是尿毒攻腦，就回天乏術了。」

我對這方面一無所知，儘管聽起來不太妙，卻還是一臉嘻笑。

「橫豎這病是好不了了，瞎操心也沒用。」

「要能想得開，也就無所謂了。」

師母大抵想起了自己的母親也死於同一種病，心情沉重地說完以後就低頭不語。

我不禁悲憐起父親實在命苦。

這時，老師忽然抬眼看向師母，說道：

「靜，妳會早我一步離開嗎？」

「為什麼這麼問？」

「沒什麼，只是隨口問問。說不定閻王會先收了我這條命。一般來說，理應丈夫先死，留下妻子守寡吧。」

「這倒不盡然。只是男士的歲數多半大一些。」

「所以按理才會先死呀。這麼說，我也肯定會比妳先踏上黃泉路的。」

「您可是例外。」

「是嗎？」

「因為您身體強壯嘛，不是幾乎沒生過病嗎？再怎麼說，還是我先去吧。」

「妳先去嗎？」

「是呀，肯定是我先！」

老師看向我。我笑了。

「可是，假如是我先去了，妳該怎麼辦呢？」

「我該怎麼辦……」

師母一時語塞，似乎因為想像失去老師的憂傷而胸口一窒。但當她揚起臉來，情緒已經煥然一新了。

「我該怎麼辦？只能聽天由命嘍，您說是吧。俗話說，人生無常嘛！」

師母故意望著我，語帶戲謔地說道。

三十五

我原已起身告辭，這時重又坐下，陪他們兩人把話說完。

「你的看法呢？」老師問了我。

究竟是老師先背世，還是師母先離世，這個問題根本不該交由我來判斷。我只得笑著說：「生死有命，我也不曉得呀！」

「就是說嘛，這就叫生死有命。一個人會活多少歲數是天生注定的，只能聽天由命。好比老師的父親和母親差不多是同時過往的，你知道嗎？」

「您是說同一天去世嗎？」

「雖沒巧到同一天，可也相去不遠。兩位是相繼過世的。」

我還是頭一回聽說這種事，有些難以置信。

「怎麼會相偕離開人世呢？」

師母正要回答，卻被老師給攔了下來。

「別再聊這無謂的話題了。」

老師故意把手裡的團扇拍出聲響，再次看向師母。

「靜，我要是死了，這間屋子就留給妳。」

師母笑了起來。

「地皮也一道送我吧。」

「地皮是人家的，送不得。不過，只要是我的東西，全都給你。」

「那就先謝了。可我收了那些洋書也沒用呀。」

「賣給舊書店也行。」

「能值多少錢？」

老師沒有回答值多少錢。只是他的話題始終繞著自己的死亡打轉，並且假設自己必將先於師母而逝。師母起初刻意打著哈哈，隨著愈談愈深入，逐漸陷入了女人家多愁善感的情緒之中，心裡頓時難過起來。

「老是把『要是我死了』掛在嘴上，到底要講多少遍呀？求求您行行好，別再講『要是我死了』這句話了，真晦氣。您要真死了，一切都按您的意思辦，這總行了吧？」

老師望向院子笑了，就此不再提起師母不想聽的話題。我在這裡打擾太久了，馬上起身告辭。老師和師母一同送我到玄關。

「好好照顧病人！」師母叮嚀。

「九月見。」老師囑咐。

我辭行後走出了木格門外。在玄關和院門之間有一株桂花樹，茂密的枝葉在黑暗中張牙舞爪，彷彿要阻攔我的去路。我走了兩三步，望向濃葉蔽覆的黑魅樹梢，摹想著今秋花開時的芳香撲鼻。老師家和這株桂花樹，在我心裡始終是不可分割的記憶。就在我恰巧站在這株樹前，想像著秋天來臨，我將會再次踏進這棟屋宅的玄關時，木格門裡一直亮著的玄關燈光突然熄了。看樣子老師夫妻倆已經進裡屋了。我獨自走入漆黑之中。

我沒有直接回去住處。因為在返鄉前還得買些東西，順道讓裝滿佳餚的胃囊消化一下，於是舉步往喧囂的大街走去。街市正要開始熱鬧。在隨興兜逛的人群中，我遇見今天一起畢業的某同學。他不由分說把我拉進一家酒館，聽他如啤酒沫般浮誇的朗朗高談。等我回到住處，已是十二點多了。

三十六

第二天，我頂著豔陽東奔西走，到處採購人家託買的東西。當初接到信裡的清單時沒有多想，如今買起來驚覺相當費事。我在電車裡猛擦汗，抱怨起那些鄉下人簡直添麻煩，根本不曉得別人得耗去多少時間在這上頭。

我不想浪費這個夏天，早已擬妥一個返鄉後的學習進度表，必須購置一些所需的書籍來完成這項計畫，於是決定在丸善書店二樓整整待上半天時間。我站在所學領域類別的書架前，逐一檢視每一本書，不放過任何一個角落。

在採購的物品當中，最棘手的就是女用的和服襯領。雖然跟店員說一聲，要什麼全都有，問題是真要買，卻又猶豫著不知道該挑哪個好。況且價錢也讓人猜不透。以為廉價的，一問竟貴得離譜；以為高價而沒敢問的，結果便宜得很。任我再三比較，還是看不懂價格高低有什麼差別。我投降了。心裡懊悔得要命，為何不勞駕師母幫個忙呢？

我買了一只皮箱。當然不過是國產的粗製品，可光是那閃閃發亮的扣環，已經足夠唬住那些鄉下人了。這只皮箱是母親吩咐我買的。她在信裡特別強調，畢業以後要買一只新皮箱，把伴手禮統統裝在裡面帶回來。我讀到這句話時不由得笑了。我並非不懂母親的心態，只是那段文字呈現出某種滑稽。

如同向老師夫妻道別時說的，三天後，我搭上火車離開東京，回到了故鄉。入冬以來，老師屢屢提醒我該多加注意父親的病況。我身為人子，本該憂心忡忡，但不曉得什麼原因，並未特別難過，反而更不捨父親病逝了以後留下來的母親。想必我對父親的即將離世，已經做好心理準備了。我寄了一封信到九州給哥哥，信裡提到父親無論如何都不可能痊癒了，明知他工作繁忙，還是希望他盡量抽空在今年夏天回來見上一面。我甚至感傷地寫到，兩個老人家在鄉下相依為命，心裡想必相當不安，我們做兒女的於心何忍呢。我提筆時想到什麼寫什麼，但是寫完以後的感受，又和方才寫信時的想法不一樣了。

我在火車上思索這種矛盾的心態，愈想愈覺得自己簡直是個善變的輕浮傢伙，頓時心情低落。這時，我又想起老師夫妻了，尤其是兩三天前招待我用餐時的那段對話。

「哪一位會先死呢？」

我獨自嘟囔著那一晚老師和師母兩人提出的疑問。我想，關於這個問題，任何人都無法給出理直氣壯的答覆。但是，倘若能夠確定誰先死，老師會怎麼做呢？師母又會怎麼做呢？我覺得不論是老師或師母，恐怕都只能以目前的心態去接受事實了（一如明知死亡正步步進逼家鄉的老父，我這個兒子卻是束手無策）。依我之見，人生無常。我將與生俱來卻又莫可奈何的脆弱，看作是人生的無常。

【中篇】

父母與我

兩親と私

一

回到老家後，見到父親的身體依舊如昔，令我倍感意外。

「哎，回來啦？這樣啊，總算順利畢業，實在太好了。你等等，我洗把臉就來。」

我到家時，父親正在院子裡忙活些什麼。他頭上那頂舊草帽後面繫了條髒兮兮的手帕遮陽，父親拐到屋後的水井，手帕隨著他一路晃擺。

我認為大學畢業是一般人都辦得到的尋常事，但看到父親喜出望外的模樣，不禁有些慚愧。

「順利畢業，實在太好了。」

父親嘴裡翻來覆去就這句話。我將父親此刻的喜形於色，和畢業那晚老師在餐桌上對我說「恭喜」的表情，暗自做了比較。我覺得口頭道賀、其實不以為然的老師，要比大驚小怪、歡天喜地的父親，顯得更為高尚。愈想愈覺得父親那種無知的土氣讓人不耐。

「區區大學畢業也沒什麼了不起，每年都有好幾百人畢業。」

我終究忍不住頂撞了回去。父親聽了，神色忽然變得不太自然。

「我開心不光是因為你畢業了。順利畢業當然是好事，可你要是明白，我的話還有另一層意思……」

我豎起耳朵，想聽父親後續要講什麼，但他似乎不打算往下說了。他頓了頓，最後仍是開口說了：

「我的意思是，我也一樣順利等到你畢業了。你也曉得我這個病。去年冬天父子相見時，我以為頂多再撐三、四個月罷了，也不知行的是什麼大運，居然撐到了這個時候，不只走動自如，還看到你畢業了，我能不高興嗎？一手拉拔長大的兒子，能在我活著的時候走出校門，豈不比我死後才畢業更讓人開心嗎？你是個有大志向的人，大學畢業在你眼裡不算回事，聽我直嚷嚷『太好了、太好了』，自然覺得扎耳；如果換成我的立場，感受可就不大一樣了。換句話說，畢業這事對我來說，遠遠比你自己來得高興多了，這樣懂了嗎？」

我啞口無言，羞愧得低下頭，連道歉都說不出口。看來，父親已經坦然面對即將到來的死亡，並且滿心以為等不到我畢業了。我真是愚蠢到了極點，竟然沒想過自己的畢業能給父親帶來多大的慰藉。我從皮箱裡拿出畢業證書，恭恭敬敬地遞給父母。畢業證書不曉得被什麼東西壓得變形了。父親小心翼翼地把它鋪展開來。

「這種東西應該捲好，握在手裡帶回來呀！」

「裡頭要能墊些什麼就好了。」一旁的母親補了一句。

父親端詳了好半晌，這才起身走到壁龕前，把這張畢業證書放在誰都能一眼看見的正中央。若是以往，我一定會出言攔阻，不過此時我完全不敢違逆父母，一聲不吭地任由父親擺置。以雁皮紙印製的證書上有了摺痕，很難穩妥豎立。父親剛擺上合意的位置，證書隨即依勢癱倒下去。

二

我向母親悄悄探問父親的病情。

「爹在院子裡忙成那樣，不要緊嗎？」

「好像沒事了，差不多都恢復了吧。」

母親的鎮定出乎我意料。像她這種住在遠離城市的山野農婦，根本沒把病痛之事放在心上。可話說來，父親上回暈倒的時候，她卻又那麼的驚慌無助、心急如焚。這相悖的反應讓我頗為納悶。

「可是醫生那時不是斷定這病恐怕是治不好了？」

「所以說人的身子還真奇妙。瞧醫生講得那麼嚴重，到現在還不是硬朗得很？娘本來也非常擔心，想勸你爹盡量躺著別走動，可你也知道你爹脾氣倔，養病歸養病，老以為自己沒事了，娘的話你爹只當耳邊風，哪肯理睬呢。」

我回想起上次返家時，父親堅持下床刮鬍子的神態和口吻：「我早就好啦！你娘就愛大驚小怪，弄得我沒病也得有病！」也就不忍過於苛責母親了。我本想提醒母親：「可是您總得從旁幫著留神才行。」終究不好意思說出口，僅講給她聽我對父親這種病的了解。說穿了，差不多都是從老師和師母那裡聽來的知識。母親的臉上不見恍然大悟，只說了：「這樣啊，染了同樣的病，真可憐哪。老太太活了多大歲數？」

我拿母親沒辦法，只好直接找上父親。他比母親仔細聽了我的話後，說道：「不錯，你說得很有道理，可只有我最清楚自己的身子。自己該怎麼養病，這麼多年的經驗下來，沒人比我更懂。」母親聽了以後，笑得無奈：「瞧，我說得沒錯吧？」

「可是，我覺得爹心裡是明白的。我畢業回來，他之所以那麼高興，就是這個緣故。爹親口告訴我，他原以為等不到我畢業了，沒料到竟能在有生之年看到我拿了文憑，所以才特別開心。」

「哎，別聽他的，你爹不過是嘴上說說，心裡覺得自己還硬朗得很。」

「不至於吧。」

「他覺得再活上十年、二十年也不成問題。可話說回來，有時也會對我講些洩氣話，說什麼『看來我的日子也不多嘍』、『我要是死了，妳怎麼辦？打算一個人住在這間屋子裡嗎？』」

我眼前驀然浮現父親離開人世之後，留下母親孤伶伶守著這間空蕩蕩的鄉下老屋的畫面。這個家沒了父親，還能夠維持下去嗎？哥哥會怎麼處理呢？母親又會怎麼決定呢？如此一來，我還能離開這塊土地，去東京過我逍遙自在的日子嗎？我看著眼前的母親，陡然想起老師的告誡——趁父親在世時，把應得的財產先拿到手。

「別擔心，世上從沒有人成天把死字掛在嘴上，結果當真一命歸西了。你爹三句不離死字，所以肯定還能活上很多年呢。我看哪，那些活蹦亂跳、從沒想過這事的人，說不準哪天反倒雙腿一蹬就去嘍！」

天曉得母親這套老掉牙的說法，究竟是哪裡來的理論還是統計，我只管三緘其口，隨她說去。

三

為了慶賀我拿到文憑，父母兩人在商量炊蒸紅豆飯請客。打從我回到家的那天起，一直提心吊膽他們有此一舉。一聽到這項提議，我當即拒絕了。

「太張揚的事還是別做。」

我向來厭惡那些來作客的鄉下人。這群人真正的目的是大吃大喝，不時想找個理由藉機鬧騰一頓。我從小就討厭伺候他們吃飯，況且這回他們是以祝賀我為由而來，更是難以忍受。但是在父母面前，我也不好說不要找那些粗人來家裡胡鬧，只得強調別太張揚。

「你老說張揚，哪裡張揚來著？一輩子就這麼一回，招待人家是天經地義，犯不著顧忌。」

母親簡直把我從大學畢業，看作和娶妻進門同等重要。

「不請也行，可若是不請，只怕人家要說風涼話了。」

這是父親的說詞。父親擔心別人背地裡說三道四。事實上像這樣的情況，假如讓那些人大失所望，肯定會講閒話的。

「鄉下地方和東京不一樣，人情義理得要面面俱到。」

父親接著強調。

「你爹的臉面也得顧及哪。」

母親又加上一句。

我再也無法堅持己見，心想只好隨他們的意思去辦了。

「我只是認為，如果單純是為了我，那就別辦了。如果爹娘是不希望人家背後說閒話，那就另當別論。我總不能堅持做對爹娘沒好處的事。」

「被你講成這樣，這讓爹娘怎麼做呢？」

父親一臉的苦樣。

「你爹也沒說不是為了你辦的。長這麼大了，你也該懂得人情世故了吧。」

一遇上這種情況，母親就喜歡講些婦道人家的歪理。她一旦認真起來，就算父親和我兩人加起來也講不贏她。

「讀書人就是喜歡搬弄道理，真要不得。」

父親只講了這句話。但是，我從這句簡單的話中，意識到他平日對我的一切埋怨。當時我並沒有發覺自己的用詞遣詞不夠圓融，只覺得父親的埋怨沒有道理。

當天晚上，父親心情好轉，問我哪天方便安排請客。父親有此一問，無疑是對我這個成天待在老屋子裡無所事事、沒有其他行程的人表示讓步。在如此和藹的父親面前，我甘願低頭。我們商量之後，訂下了宴客的日期。

豈料，請客日之前發生了一樁大事——明治天皇聖躬違和。這則報導一經報紙刊載，迅即傳遍了日本的每一個角落，連帶使得我們這戶鄉下人家歷經波折總算決定為我慶祝畢業的決定，化為烏有。

「唔，這種時候還是別請客了。」

戴著眼鏡讀報的父親這樣說，似乎也在暗忖著身上的病。我不禁回憶起不久前依循往例蒞臨大學畢業典禮的天皇陛下。

四

這間老屋子沒住幾個人，顯得過於空蕩。我在一片寂靜中解開行囊，取出書來，卻久久無法靜下心來閱讀。相較之下，在繁華吵雜的東京住所二樓，聽著遠方電車行駛的聲響，我反而能夠振作精神，一頁接著一頁研讀。

我不時趴在桌上打著瞌睡，甚至索性拿出枕頭，大模大樣地睡起午覺。一覺醒來，蟬聲嗡嗚，這刺耳的喧噪倏然將我帶回現實之中。我一動不動，聆聽良久，偶爾有股哀傷湧上胸臆。

我提筆給幾位朋友寫了明信片以及長信。有人還留在東京，也有的已經回到遙遠的故鄉；有人回了信，也有的失去音訊。至於老師，我當然不會忘記。我把自己返鄉後的情況，以小字寫了約莫三張稿紙寄給了他。當我把信封緘時，心想也許老師離開東京了。以往老師和師母相偕出遠門時，必定有個五十歲前後的短髮婦人從某地過來幫忙看家。我曾問過老師她是誰，老師反要我猜猜她的身分。我以為她是老師的親戚，結果猜錯了。老師說自己沒有親戚。他和故鄉的那些親友從不往來。我問的那個看家婦人原來是師母那邊的親戚，和老師沒有關係。我寄出這封信後，眼前忽然浮現婦人身上的窄幅腰帶於後腰繫著鬆結的身影，暗忖著倘若在老師夫婦去外地避暑之後，這封信才寄達，那位短髮婦人會不會機靈又熱心地立即轉寄過去呢？其實我心裡明白，這封信裡並沒有寫到什麼要緊的事非得立刻送抵不可，只是由於寂寞而期盼老師能夠回信。然而，我終究沒有收到老師的覆信。

父親不像去年冬天我回家時那麼喜歡下日本象棋了。棋盤擱在壁龕的角落裡，落滿了塵埃。尤其自從天皇陛下龍體違和以後，父親似乎屢屢陷入深思。他每天等著收報紙，一拿到即搶先看，看完以後還特地把報紙拿來給我。

「喂，你看，天子的事今天也寫得很詳細哩。」父親習慣尊稱天皇陛下為天子。

「說句大不敬的，天子的病和爹身上帶的病，大概是同一種吧。」

父親說這話時心情沉重，面色黯淡下來。聽了這話，我頓時心頭一怔，擔憂父親遲早將再度病倒。

「不過應該沒事吧？連我這種草民都還活得好好的，何況是天子呢！」

父親儘管拍胸脯保證自己沒問題，於此同時，卻也隱隱察覺危險臨頭了。

「爹其實對自己的病十分害怕，並不像娘說的那樣，信心滿滿地認定自己還能活上十年、二十年呢。」

母親聽完我的分析，露出不知如何是好的表情。

「不然，你邀他一起下個棋吧。」

我從壁龕裡搬出棋盤，拭去積塵。

五

父親的身體愈來愈虛弱。那頂繫著手帕、曾經看得我瞠目結舌的舊草帽，也跟著閒置一旁。每當我瞥見擱在燻黑的板架上的那頂草帽時，便對父親心生不忍。從前父親走動自如的時候，我總擔心他應當多加留神；可如今見父親愣坐沉思，卻又盼他能像早前那樣活力十足。我不時和母親談起父親的病情。

「想太多嘍！」

母親將天皇陛下的病和父親的病想到一塊去了，我的看法卻不同。

「絕不是想太多，爹的身子真的變差了。我覺得他非但心情不好，健康也變糟。」

我一面說著，心裡盤算著是否要再從外地請個高明的醫生來家裡檢查一下。

「這個夏天想必讓你憋屈了。好不容易畢業卻沒能為你好好慶賀，你爹的身子是那副樣子，就連天子也染了病痛……早知道，你一回來就該馬上請客人來哪。」

我是在七月五、六日左右回家，父母於隔週提議請客為我慶賀，接下來又拖了一個多星期，這才總算訂下了請客日。多虧這些插曲，我才得以在回到沒有時間壓力的悠閒鄉間之後，免除最討厭的交際應酬。母親不懂我的感受，對此毫無所察。

當天皇駕崩的噩耗傳來時，父親手裡揪著那張報紙，連聲嗟嘆。

「咳……天子終究沒能挺下去，那麼我也……」

父親沒能把話說完。

我上街買回黑紗，先裁一塊裹住旗杆頭，再剪一條三寸寬的紗帶綁在杆頂，斜插在門旁探向路面。國旗和黑紗帶在無風的空氣中頹然垂下。我家老舊的院門上鋪的是稻草，在風吹雨淋之下早已褪色而透著一抹淺灰，並且多處明顯缺損。我獨自走到門外，望著杆上的黑紗帶與白綢布，以及印染在那面素底白綢中間的一輪紅日，也望著襯映著這些色彩的髒汙稻草葺頂。我想起老師曾問我：「你家是什麼樣的屋子？想必和我老家的式樣大異其趣。」我既想邀請老師來我出生的這間老屋參觀，卻又覺得讓老師看到很難為情。

我獨自走進家裡，來到自己的桌前拾起報紙展讀，遙想東京的景象，腦海裡充斥著日本最大的都市在這個黑暗的時刻該如何運作的各種畫面。在這座暗影流動、令人惶惑不安的城市，老師的家對我來說就像黑暗中的一盞明燈。那時，我還沒發現這盞明燈即將被捲入無聲的漩渦裡，更沒察覺再過不久，眼前的這盞明燈亦將淪為驟然熄滅的命運。

我打算寫信告訴老師自己對這起事件的想法，拿起筆來，才寫了十行便又擱筆，把信撕得粉碎，扔進字紙簍裡（一方面覺得將這事寫給老師無濟於事，再者上次寄信給他也沒回）。我好寂寞，所以提筆寫信，巴望著老師能回覆音訊。

六

到了八月中旬，我接到一位朋友的來信。信裡說有個村鎮正在徵聘中學教員，問我有無意願。這位朋友為生計考量，四處探詢教員工作。這個職缺本來是他去應徵的，後來找到更好的學校，想把前一個機會讓給我，因此特地寫信告知。我馬上回信婉拒，並提及有其他朋友煞費苦心謀求教職，不妨把這個位置轉讓給他。

寄出信後，我才向父母稟報此事。他們對我的回絕似乎沒什麼意見。

「用不著去那種鄉下地方，總該有更好的工作吧。」

在這句勸慰的背後，我聽出他們對我寄予過高的期望。不明世道的父母似乎以為我從大學畢業，就能得到極高的職位和收入。

「更好的工作？最近想找到一份好工作可是難上加難。況且我和哥哥的學科不同，時代也不一樣了，爹娘可別以為我找工作和哥哥一樣簡單。」

「可是都畢業了，至少得養活自己，不然咱們可要發愁了。要是親友鄰居問家裡的老二大學畢業後在哪裡高就，我總得說得出來，否則你爹這張老臉往哪裡擺？」

父親沉下臉來。他一輩子住在這座村子裡，從來不曉得外面的世界是怎麼回事。村裡人湊在一塊聊起大學畢業生能領多少薪俸，有人說總該有一百圓吧。父親不想讓這些人譏笑，一心盼著我畢業後趕快謀份差事。我想到大都市闖天下，這念頭看在父母眼裡，無異於一個倒立行走的奇人怪客。事實上我確實經常異想天開。在思想差距極度懸殊的父母面前，我不敢表明心裡的想法，只好三緘其口。

「怎麼不去拜託你時常掛在嘴邊的那位老師呢？這種時候最需要他的引薦呀。」

母親只當老師是位有辦法介紹工作的大人物。殊不知那位老師無法在我畢業後幫忙謀職，而是勸我返鄉後趁父親在世趕快分得家產。

「那位老師是做什麼的？」父親問道。

「他沒做事。」我答道。

印象中我很早就告訴過父母，老師沒有任何工作，父親應該記得才對。

「怎麼會連個差事都沒有咧？既是你那麼尊敬的人，好歹總有份工作吧？」

父親把我挖苦了一頓。他認為舉凡有用的人才都應該在社會上工作，並且擁有相當的地位，只有地痞流氓才會遊手好閒。

「就連我這種鄉下人，雖說沒有月薪可領，但也沒有成天玩樂哩！」

父親再度譏諷。我依舊沒有吭氣。

「照你講的，應該是位大人物，定能給你找個差事。你求過人家嗎？」母親問。

「沒有。」我回答。

「難怪沒著落。怎麼不求人家呢？寫封信去央託也行哪，快去寫！」

「嗯。」

我不置可否地應了一聲，站起身來。

七

父親顯然對自己的病頗為憂心，但是醫生每次來診察時，他從未拉住對方問東問西，讓人困擾。醫生也有些保留，沒特別提過什麼。

父親似乎在考慮身後之事，或者說他想過自己離開以後，這個家會變怎樣。

「讓孩子讀書，不知道是福還是禍。好不容易供他大學畢業，居然再也不回家了。簡直是為了讓父母和孩子分隔兩地，才給孩子上學的。」

哥哥取得學位之後，如今遠在異地工作；我於接受教育之後，同樣決心住在東京。父親辛苦培養出兒子，卻得到這樣的結果，難怪要發牢騷。他單是想像著妻子往後將要一個人獨守這久居多年的鄉下老屋，不免悵然若失。

父親不是一個能夠隨遇而安的人，而母親同樣深信將在這間老宅裡終老一生。父親內心很是掙扎，一方面不放心自己死後，讓孤單的母親留在這空無一人的屋子裡，另一方面又迫切企盼我能在東京謀得一份好差事。我雖無法理解這種矛盾的心態，但又慶幸得以前去東京了。

在父母面前，我不得不假裝正在努力尋找一份好工作。我給老師寫了一封信，詳細描述了家裡的情況，並且央託若有我能勝任的工作，務請代為引薦。儘管暗忖老師不會接受這項請託，我依然寫下這封信；縱使老師願意協助物色，也會因缺乏人脈而無從幫起。不過，在執筆寫信時，我心裡明白老師必定會回覆這封信。

我在寄出這封信之前，向母親說道：

「給老師的信寫好了，是按娘的意思寫的，請娘過目。」

如同預料，母親沒有看信。

「寫好了？那就快些寄去。這種事用不著別人提醒，自己早該看著辦的。」

母親還當我是個孩子。其實我也覺得自己稚氣未脫。

「可是光寄信還不夠，反正我九月份得上東京一趟，屆時再登門拜託。」

「也許去一趟比較好。說不定能遇上好機緣，還是盡早央託人家才好。」

「是啊。總之老師一定會回信，收到信後再告訴娘吧。」

畢竟事關緊要，生性一絲不苟的老師必定會回覆。我滿懷期待地等候他的信，但卻失望了。過了一個星期，終究沒有接到老師的音訊。

「大概上哪裡避暑去了吧。」

我只得找藉口向母親解釋。這不單是給母親的解釋，亦是給我自己的解釋。我不惜找個牽強的理由為老師的毫無回應做辯護，否則難以平復自身的心緒。

我時常忘了父親的病，等不及快點去東京。父親也常忘記自己的病。他雖擔心身後之事，卻又不對將來預做安排。我始終沒有適當的機會依照老師的忠告，向父親提出分配家產的建議。

八

到了九月初，我終於準備動身，再度前往東京。我懇請父親仍像從前寄學費那樣，繼續資助一陣子。

「像這樣待在家裡，不可能找到爹喜歡的那種好差事。」我拿尋找父親心目中的工作，當成去東京的理由。「當然，等我找到工作，就不必再寄錢來了。」

其實我心裡想的是，那種好差事根本不會落到我的頭上。可是父親不清楚世道，始終深信我能找到高薪收入。

「既然時間不長，爹會想辦法，可總不能一直靠家裡送錢，得找份好差事養活自己才成。按理說，從離開學校的隔天起，就不能再仰仗別人過活。現在的年輕人光曉得花錢，從沒想過該怎麼掙錢。」父親接著說了諸多抱怨，甚至發了這樣的牢騷：「從前是小子養老子，如今卻是老子養小子嘍！」我只能安靜地聆聽父親訓話。

這個夏天返鄉以後，我的惆悵漸漸變了調。如同油蟬換成了寒蟬的聲音，我感到自己的命運被捲入一場大輪迴之中，緩慢地旋轉。

私の哀愁はこの夏帰省した以後次第に情調を変えて来た。油蝉の声がつくつく法師の声に変るごとくに、私を取り巻く人の運命が、大きな輪廻のうちに、そろそろ動いているように思われた。

待父親發洩完畢以後，我正想默默起身離開時，父親忽然問起我打算何時動身。我回說盡早為好。

「讓你娘看個日子吧。」

「知道了。」

那時我在父親面前表現得格外乖巧，在離開故鄉前盡量不拂逆他的心意。可是父親卻又開口挽留了：

「你這一去東京，家裡只剩我和你娘，又要冷清了。要是我的身子硬朗也就罷了，可眼下這副模樣，也難講哪天要出事情。」

我極力安撫父親，這才回到自己房裡的桌前。我坐在散亂的書籍中間，不斷回想著父親無助的神態和話語。蟬鳴再次傳入耳裡。此時的蟬鳴和前些天聽見的不一樣，是寒蟬的聲音。自從夏天回到故鄉以後，我時常愣坐在喧囂的蟬聲裡，沒來由地悲從中來。我的哀傷彷彿向來和這種蟲噪聯袂出現，滲入心底。這樣的時候，我總是一動不動，凝視著自己。

這個夏天返鄉以後，我的惆悵漸漸變了調。如同油蟬換成了寒蟬的聲音，我感到自己的命運被捲入一場大輪迴之中，緩慢地旋轉。我反覆想著父親落寞的面容和言語，並且憶起沒有捎來覆信的老師。老師與父親，這兩個在比較上和聯想上皆為截然迴異的影像，不時浮上我的心頭。

我對父親的一切已是了然於胸。就算離開父親，也不過是在親情上有些遺憾而已。然而，對於老師，我仍有許多未解之處。他曾答應敘說自己的過去，我卻還沒有機會聽到。可以說，老師猶如一片灰濛晦暗，但我非得衝過去，奔向光明之處。我無法承受與老師斷絕往來的莫大痛苦。我請母親看日子，決定了啟程東京的日期。

九

就在我準備啟程的時候（約莫是動身前兩天的傍晚），父親突然再一次昏倒。那時我忙著打包裝滿書籍和衣物的行李，而父親正在入浴。忽然間，去幫父親搓背的母親大聲喊我。我衝去一看，裸著身子的父親被母親由後方抱住。所幸把父親扶回客廳時，父親已能開口說不要緊了。我仍坐在他枕畔，拿濕手巾敷在他額上，直到九時許才囫圇吞了晚飯。

第二天，父親的精神比想像中好多了。他不聽勸阻，堅持走去如廁。

「已經不礙事了。」

他說了去年底昏倒那次對我講過的同一句話。當時確實如他所說的沒事了，我心想這回或許也沒什麼要緊。不過醫生只吩咐得多加留意，確切的病情卻隻字未提。

我心神不寧，到了該出發的日子也無心去東京。

「先看看狀況再說。」我和母親商量。

「你還是先待在家裡吧。」她要我留下。

早前父親活力十足地在院子和屋後忙活的那陣子，母親根本沒把這個病放在心上，一旦發生了這種事，她便牽腸掛肚地憂心不已。

「今天你不是該去東京嗎？」父親問我。

「嗯，延幾天再去。」我答道。

「為了我？」父親又問。

我遲疑了一下。如果回答「是」，形同證實了父親的病情不樂觀。我不想讓他察覺到這點，無奈被他看穿了用意。

「耽誤你了。」說完這一句，父親將目光轉向院子。

我回到自己的房間，望著扔在地上的行李發愣。行李已經捆得嚴實，隨時可以出發。我茫然站在行李前，猶豫著是否該鬆開繩子。

我就這麼坐立不安地過了三、四天，豈料父親又昏倒了。這回醫生下令絕對要臥床靜養。

「怎會這樣呢？」母親不讓父親聽見，壓低聲音問我，臉上滿是擔憂之色。

我準備給哥哥和妹妹打電報了，可是躺在床上的父親看不出有何不適，說話的模樣和染上風寒完全相同，甚至飯量比平時來得大。我們勸他少吃點，但是他根本不肯聽。

「橫豎要死了，總得吃些山珍海味再上路！」

父親那句「山珍海味」，聽在我的耳中不禁滑稽，又讓人心酸。父親一生不曾住過能夠享用美食的大城市。到了晚上，父親讓母親烤些年糕片，咬得咔咔作響。

「你爹怎會渴成這樣？說不定身子還撐得下去哪！」

母親仍不放棄最後一線希望。然而，她還是拿從前人們只用於描述病中狀態的「渴」字，來形容父親的食欲極佳。

伯父來探病時，父親總是再三挽留，不讓他走。表面上的理由是自己悶得慌，要人陪他多聊，實際上另一個原因恐怕是向伯父訴苦，說母親和我不許他盡情吃喝。

十

父親的病足足一個多星期沒有太大的變化。我在這期間寫了長信給九州的哥哥，也請母親給妹妹去信。我暗忖，這很可能是通知他們關於父親病情的最後一封書信，所以給兩人的信裡都記上：到了萬一的時刻會打電報，屆時請他們務必趕回。

哥哥工作繁忙，妹妹懷有身孕，因此除非父親病危，否則不好開口叫他們回來。但假使他們兼程趕回，卻來不及見到父親的最後一面，必定會抱憾終生。打電報的關鍵時機必須由我拿捏，心中不禁感到一股沉重的責無旁貸。

「我無法確定會是什麼時候，但請做好心理準備，隨時可能病危。」

從有車站的鎮上請來的醫生說了這樣的話。我和母親商量後，決定託這位醫生代為從鎮上的醫院請來一位護士。父親見到床邊來了一名身穿白衣的女子向他問候，頓時臉色大變。

父親早就明白自己患了不治之症，但從未想過死亡竟已迫在眉睫。

「這回病好了，我要再上東京玩一趟。人幾時會死可說不準，想做什麼都得趁著還有一口氣在趕緊做。」

「到時候請帶上我吧。」母親無奈地隨聲附和。

有時候，父親會非常悲觀。

「我要是死了，可得好好照顧你娘。」

「我要是死了」這句話喚起我的記憶。離開東京前，就在我畢業的那天晚上，老師曾對師母一再提起這句話。我想起面帶笑容的老師，以及百般不願聽到這種晦氣話的師母。那時的「我要是死了」只是單純的假設，而我此刻聽到的卻是隨時可能發生的事實。我學不來師母對老師的一笑置之，但也不能不說些話來安撫父親。

「別說這種洩氣話。爹不是說等病好了，要和娘一塊去東京玩嗎？這回到了那裡，爹娘一定會嚇一跳，東京可大變樣嘍，光是電車的路線就多了好幾條。電車一通，市容也跟著改變，再加上區域重劃，整個東京簡直沒有一時半刻靜得下來。」不得已，我只得想到什麼講什麼。父親聽得興味濃厚。

家有病人，進出的訪客跟著多了起來，住附近的親友差不多每兩天就來一趟，連平時罕少往來的遠親也來探望了。「還以為病得很重，看樣子應該沒事，話講得清楚明白，就連面容也沒消瘦嘛！」甚至有人說完這話之後回去了。我剛回來時，家裡鴉雀無聲，冷冷清清，如今因為父親的病，反而漸漸鬧騰起來。

父親的病不見起色，情況愈來愈不樂觀。我與母親及伯父商量之後，終於給哥哥和妹妹打了電報。哥哥回覆馬上動身，妹夫也說立刻趕來。妹夫早前說過，妹妹上次懷孕時沒能保住孩子，這次得格外小心免得再生憾事，或許會由妹夫代替前來。

十一

儘管日子忙亂，我仍有餘暇坐下靜思，偶爾還能抽空揭開書本看上十幾頁。稍早捆妥的行李不知道什麼時候全解開了，需要的物件從裡面逐一取了出來。離開東京時，我為這個夏天做了日程規劃，核對之下，居然僅只完成了不到三分之一。這種懊惱的經驗我已經嘗過很多次，但鮮少像今年夏天這般諸事不順。儘管明白不如意事十常八九，仍然掩不住內心的煩悶。

我滿肚子氣惱地枯坐房中，思量父親的病況，想像父親死後的情景。於此同時，我也想起了老師。在這種躁鬱的心情中，我腦海裡浮現了兩個地位、教養和性格全然迥異的身影，耽思良久。

我離開父親的病榻，在雜亂的書堆中抱胸獨坐時，母親探頭說道：

「睡個午覺吧，你也累壞了。」

母親不懂我的心情，而我也不再是渴望母親理解的小孩子了。我隨口謝過，母親依然站在房門沒走。

「爹還好嗎？」我問道。

「現在睡得很熟。」母親答完這句話，忽然進來在我身旁坐下，「老師那邊還沒有回音嗎？」

母親對我當時的說法深信不疑。那時我向她保證老師一定會回信。但是，我那時就不認為能收到符合父母期望的回信。此舉無異於故意欺瞞母親。

「再捎封信吧。」母親建議。

只要能安慰母親，這種沒用的信寫再多我也願意。可是，拿這種事去逼迫老師，卻使我相當痛苦。我覺得被老師瞧不起，遠比挨父親訓斥、惹母親生氣來得可怕。我甚至疑心，遲遲不見老師的回信，或許就是這個原因。

「寫封信不費事，可這種事在信裡也講不清楚，非得親自跑一趟東京，登門央託人家才成。」

「但你爹病成這樣，也不曉得你什麼時候才能上東京呀！」

「所以我沒去。不管爹的病會不會好，在有個結果之前，我會一直待在家裡。」

「那當然，總不能扔著隨時可能出事的病人不管，一個人上東京去哪！」

我開始暗暗同情起無知的母親。但是，我不明白她為何偏要挑上這種慌亂的節骨眼，提出這個問題。我猜，或許如同我不顧父親重病，還有心情坐下來安靜讀書，母親大概偶爾也忘了眼前的病人，仍有閒情去想別的事情吧。這時，母親又開口了：

「老實說……老實說，我只是覺得，要是你能在你爹還活著的時候找到工作，就能讓他放心了。不過看樣子，恐怕趕不上了。話說回來，你爹現在還口齒伶俐、腦筋清楚，若是真能找到差事，讓他高興高興，也算是盡孝心了。」

可悲的我竟連這區區的孝心也盡不得。我終究連一行字也沒給老師寄去。

十二

哥哥回來的時候，父親正躺著看報。父親向來有個習慣，什麼事都可以不管不顧，就是報紙不能不讀。自從躺臥病榻以後，父親的日子無聊，愈發喜歡看報。母親和我都沒有阻攔，盡量遷就病人的喜好。

「爹精神不錯，實在太好了！我原以為狀況很糟，回來一看，不是好得很嗎？」哥哥一陣嚷嚷之後，和父親聊了起來。他過於興奮的語氣，聽得我十分彆扭。然而一離開病榻，和我單獨相處時，哥哥看來心情沉重。

「不讓爹看報不行嗎？」

「我也這麼想，可爹說什麼都非看不可，拿他沒辦法。」

哥哥沒有作聲，聽著我的解釋，片刻過後才問：「看得懂嗎？」哥哥似乎覺察到父親受到病情影響，理解力變差了不少。

「當然看得懂。方才我在床前坐了二十分鐘左右，陪爹聊了不少事，爹樣樣清楚明白。照這樣看來，或許還能撐上好一陣子喔。」

與哥哥相繼趕到的妹夫比我們更加樂觀。父親向他探問許多妹妹的情況，說道：「她那身子還是別隨意搭火車，搖搖晃晃的可不妙。要是她挺著肚子來看我，反讓我擔心了。」父親接著說：「別操心，我很快就好了，到時候還要去看看小外孫呢！

好久沒去你們那邊了，不礙事的。」

乃木上將⑤殉義的時候，也是父親最先從報上獲知消息。

「不得了啦！不得了啦！」

我們根本不曉得發生了什麼事，被這突如其來的叫嚷嚇了一跳。

「那時候我還以為爹到底神智不清了，嚇出一身冷汗來呢。」事後哥哥這樣告訴我。

「其實我也吃了一驚。」妹夫也有同感。

那段時期，報上盡是一些讓鄉下人天天迫不及待的消息。我常坐在父親的床邊詳閱報導，若是時間不夠，就悄悄帶回自己房間，一字不漏地精讀一遍。殉義時身穿軍裝的乃木上將，與做女官裝束的夫人，這兩人的身影浮現眼前，令我久久難以忘懷。

就在舉國悲痛，連偏鄙鄉村悠然欲眠的草木亦瑟瑟顫抖、同感哀戚的時刻，我忽然接到一封老師的電報。在這個狗兒連見到穿西服的人都要吠叫的地方，收到電報可是一樁大事。收下電報的母親難掩驚訝，特意把我找去沒人的地方急著問：「上

⑤乃木希典（一八四九～一九一二），日本陸軍上將，於日俄戰爭中指揮攻下旅順而一戰成名，晚年被明治天皇任命為貴族子弟就讀的學習院院長。明治天皇大葬之日，乃木與妻子聯袂捐生以示忠貞。

面寫什麼？」並且站在一旁等我開封。

電報上只簡略寫著想見一面，問我能否去一趟。我有些納悶。

「一定是你託請找工作的事！」母親猜測。

我也忖想可能是這個原因，又覺得有些奇怪。問題是，我把哥哥和妹夫都叫回來了，怎能放著病危的父親不管，自己跑去東京呢？我和母親商量後，決定回電告知恕難成行，並扼要說明父親病危。發完電報以後，我仍覺不妥，當天再寫了一封詳述苦衷的信寄了出去。母親一心認定是託老師找工作有了眉目，十分惋惜地說：

「實在太不巧了，這也是沒辦法的事。」

十二

我寫去的那封信相當長。母親和我都認為老師這次必定來信。果然，寄出信的第二天，我又收到一封電報，上面只有一句話：不必來了。我給母親看了電報。

「他大概打算把要說的話寫在信裡另外寄來吧。」

母親總以為老師在為我的生計奔忙。我雖心想不無可能，但從老師平時的為人推論，恐怕不是這麼回事。依我看來，「老師幫我找工作」無疑是天方夜譚。

「總之，我的信應該還沒寄到，這封電報一定是之前就發來的。」

我對母親說了再清楚不過的事實，母親也認為很有道理，應了一聲：「說得也是。」我心裡明白，縱使用「老師還沒接到我的信已先發出這封電報」這句話來為老師辯解，也起不了任何作用，但我還是說了。

那天恰好主治醫生從鎮上請來院長一同診療，所以我和母親沒時間多談這件事。兩位醫生經過會診，給患病的父親浣腸後就回去了。

自從醫生下令父親臥床靜養以來，躺在床上的父親大小便都要靠別人收拾。有潔癖的父親起初非常不願意，無奈身不由己，只好在病榻上解決了。不曉得是否隨著病情加重而導致腦筋遲鈍，日子一久，父親連失禁也不在意了。有時弄髒了棉被和褥墊，旁人見了都皺眉，他本人反倒不以為意。不過，這種病的症狀之一是尿量特別少，醫生對此也覺得棘手。父親食欲漸失，難得想吃什麼，也只是嚐點滋味，勉強嚥下一些些。他連愛讀的報紙也沒有力氣拿了，擱在枕邊的老花眼鏡一直收在黑色的眼鏡盒裡。父親有個竹馬之友叫阿作伯，住在離這裡四公里遠的地方，特意前來探望。

「喔，是阿作嗎？」父親睜開混濁的眼睛朝他看去，「阿作，你來看我啦？真羨慕你這般硬朗，我已經不行了。」

「少胡說！你兩個孩子都大學畢業，得這點小病能算什麼？瞧瞧我，老婆死了，又沒孩子，不過是湊合活著罷了。雖說身子還行，哪有什麼意思哩？」

阿作伯來探病的兩三天後，父親做了浣腸，高興地直說多虧醫生，總算舒服多了。父親心情好轉，對自己的延命續活有了一些信心。在一旁照顧的母親跟著開心起來，又或者是想為病中的父親打氣，不僅說了老師來電報的事，還講得繪聲繪影，簡直像是我已在東京找到了一份父親期盼的好工作。我在一旁如坐針氈，卻又無法打斷母親，只能閉緊嘴巴聽著。父親的病容露出了喜色。

「真是太好了！」妹夫也道賀。

「知道是什麼工作了嗎？」哥哥問道。

事到如今，我連否認的勇氣也沒有了，只得敷衍幾句，匆忙離開。

十四

父親的病已經在最後的關口徘徊，只等最後一擊了。全家人每晚入睡前都提心吊膽，唯恐命運的審判將於今日宣告結果。

所幸父親看起來一點也不痛苦，就這點而言，在旁照料的人得以免受煎熬，看護起來輕鬆多了。為求慎重，大家輪流值夜班，其他人可以回到自己的床上好好休息。有一回，不知什麼緣故，我半夜輾轉難眠，錯以為聽到了父親難受的隱隱呻吟，於是起身去病榻探看，以防萬一。那一晚輪到母親看護，卻見她枕著手臂趴在父親身邊睡著了。父親也安靜地沉入夢鄉，睡得很熟。我又躡手躡腳地鑽回自己的被窩。

我和哥哥睡在一頂蚊帳裡。只有妹夫被奉為客人，一個人睡在另外的房間。

「小關也挺可憐的，耽擱了這麼些天，沒法回去。」

妹夫姓關。

「不過他應該沒那麼忙，所以才能待在這裡。再拖下去，恐怕哥哥比小關更為難吧。」

「為難也沒辦法，這事非同小可。」

我和哥哥躺在一起聊天。我們兄弟心裡有數，父親大抵沒救了，繼而想到了既然沒救，那麼後續……我們做兒子的猶如正在等待父親的死期，卻又不敢道破。兄弟倆都了解彼此的想法。

「爹好像以為病會好。」哥哥對我說。

看起來確實如哥哥說的一樣。但凡鄰居來探病，父親總是執意要見，見了面必定為沒能請大家來慶賀我的畢業表示遺憾，並且許諾等自己病好了一定補辦。

「真羨慕你取消了畢業慶祝會，我那時別提有多慘了。」

哥哥的話勾起了我的回憶。我想起那時大夥醉得東倒西歪的荒唐景象，不禁無奈地笑了笑。父親在席間到處勸酒勸食的模樣浮現眼前，心裡頓覺苦澀。

我們兄弟的感情並不融洽，小時候經常打架，年紀小的我只有挨打的份。性格的差異也反映在我們選擇的不同學科上。等我上了大學，尤其是接觸老師以後，從不同於以往的角度觀察哥哥，總覺得他屬於動物性格。我們闊別許久，況且相隔遙遠，時間和距離都無法讓我們在一起。不過這次久別相見，手足之情油然而生。最主要的理由當然是眼下的處境。父親正在垂死邊緣，哥哥和我自然攜手共度難關。

「你接下來有什麼打算？」哥哥問我。

「家裡的財產到底該怎麼處理？」我答非所問。

「這我也不知道，爹還沒交代。不過，說是財產，也值不了幾個錢吧。」

於此同時，母親仍為老師尚未回信而煩惱不已。

「信還沒來嗎？」母親焦急地問我。

十五

「你們成天提到的老師，到底是誰？」哥哥問道。

「前幾天不是跟你講過了嗎？」我回答。我對哥哥不大高興。分明是他自己問人的，一轉頭就把人家的話忘光了。

「問是問過了，但還是……」

他的意思是儘管問過，仍然不清楚老師的來歷。我雖覺得根本沒必要讓他了解老師這個人，但還是因為哥哥的老毛病又犯了而忍不住生氣。

按哥哥的想法，既然是我口口聲聲尊稱老師的人物，必定是位名聞遐邇的人士，至少該是位大學教授。一個既無名氣，又什麼都不做的人，有何價值可言呢？就這個觀點來說，哥哥和父親的心態如出一轍。只是，父親一口咬定老師是個草包所以遊手好閒，但從哥哥的口吻聽來，他覺得老師是個擁有才華卻無所事事的無聊傢伙。

「利己主義者最要不得。活著什麼都不做，那叫好吃懶做。一個人必須盡量發揮自己的才華，否則就是自欺欺人。」

我真想回敬哥哥一句：你懂不懂自己說的利己主義者這個詞彙的定義？

「不過，能靠他找到工作也不錯，爹不是很高興嗎？」哥哥後來補了這句。

既然老師尚未來信明說，我自然不能當真，但也沒有勇氣多說什麼。母親一時口快，把這事拿出來炫耀，事到如今我更不好突然否認。用不著母親催促，我早已望眼欲穿地等待老師的回音，並且由衷盼望這封信能帶來大家滿心以為的生計著落。面對垂死的父親，面對祈禱著能讓父親稍加安心的母親，面對認為不做事就不配當人的哥哥，以及面對妹夫、叔伯、嬸母等人，我不得不為自己根本毫不在意的事情而苦惱不已。

當父親嘔出異樣的黃色嘔吐物時，我想起了曾聽老師和師母提及的危險症狀。

「躺了那麼久，難怪胃不舒服。」

我望著如此解釋的母親，在這張一無所知的臉龐面前，不由得眼眶泛淚。

我在起居室碰到哥哥時，他問我：「你剛才聽到了吧？」他指的是醫生臨走時告訴他的話。其實用不著他解釋，我已經明白了。

「你想過回來接手家裡的事嗎？」他轉過頭來看著我問道。我不發一語。

「娘一個人，連日子也沒法過吧。」哥哥又說。看來，就算我老死在這塊土地上，哥哥也不在乎。

「你若只喜歡看書，在鄉下完全不成問題，況且又不必幹活，豈不正好？」

「按排行，應該是哥哥回來。」我說。

「我哪有辦法回來？」哥哥一口回絕了。他胸懷壯志，要在世上闖出一番事業。

「你要是不願意，也可以請伯父幫忙看管。不過我們總有一個得把娘接去一起住吧。」

「娘肯不肯離開這裡還是個大問題。」

父親尚未離世，兄弟倆已商量起他的身後事了。

十六

父親開始胡言亂語了。

「我對不起乃木上將，沒臉見他。不，我馬上就要隨他去了……」

父親時不時說出這樣的話，聽得母親心神不寧，要大家盡量守在床邊。父親神智清醒時顯得格外寂寞，似乎也希望有人圍繞身旁。尤其是當他環顧房間找不到母親的時候，一定會問：「阿光呢？」即便沒出聲詢問，他的眼神也透露出這樣的訊息。我經常起身去請母親過來。「什麼事找我？」母親擱下手中的事，走進養病的房間，父親一句也不說，只是愣怔地望著母親，有時候看了半晌，突然沒來由地講起一些話，甚至溫柔地說：「阿光，這些年多虧有妳照顧啊。」母親一聽，總是熱淚盈眶，接著必定想起父親不同於此刻，昔日身體健壯時的模樣。

「別瞧他說得可憐兮兮的，以前讓我吃過不少苦頭哪。」

母親講起父親曾拿掃帚抽打她後背的往事。這件事我和哥哥聽過好幾遍了，但這回感覺完全不同，聽起來像是母親對父親的思念。

父親已然目睹了灰暗的死亡陰影映現眼前，卻還沒有說出近似遺言的交代。

「是不是該趁現在問一問？」哥哥看著我說道。

「這個嘛……」我應了一聲，思索著由我們主動問及這種事情，對病人是否合適。兩個人遲遲無法決定，最後去找伯父商量。伯父也覺得為難。

「萬一他有事要講，但來不及交代就走了，確實遺憾。可是直接去問他，或許也不妥。」

這件事最後就擱了下來，遲遲未決。不久，父親昏睡的時間愈來愈長。不清楚這病症的母親還以為父親只是熟睡，開心地直嚷嚷：「哎唷，能睡得很沉，照顧起來省事不少。」

父親有時睜開眼睛，突然問起誰怎麼樣了。他問的全是方才坐在床邊的人。父親的意識包含了明亮與黑暗兩部分，明亮的部分猶如縫在黑幕上的一道白線，看起來斷斷續續的。也難怪母親把那種昏睡狀態，錯當成是一般的熟睡。

漸漸地，父親變得語無倫次了。每句話講到最後總是含糊不清，誰也聽不明白他說了什麼。不過開頭時的聲音倒是十分宏亮，根本不像病危的人。我們要對他說話的時候，必須提高嗓門，湊到他的耳邊才行。

「頭涼一些，會舒服點嗎？」

「唔。」

我讓護士換下水枕，將裝入冰塊的冰袋擺在父親的頭上。我輕輕按住冰袋，直到袋裡稜角分明的碎冰稍微融化，平穩地放在父親已禿的額前。這時，哥哥從走廊進來，不作聲地遞給我一份郵包。我伸出空著的左手接過來，心中狐疑頓起。

這份郵包比一般的信件來得沉，不是裝在普通信封裡，普通信封根本不夠裝。它是用宣紙包裹起來，封口以漿糊牢牢黏緊。我從哥哥手裡接下時，便察覺這是以掛號寄送的。翻過背面一看，上面工工整整寫著老師的名字。我沒法騰出手來開封，只得先揣進懷裡了。

十七

父親那天的病況很差。我起身要去廁所，在走廊上碰見了哥哥，哥哥以哨兵的口吻叫住我：「去哪裡？」並且叮嚀我，「爹的狀況有點不對，應該盡量守在身邊才行。」

我也這麼認為，因此揣著信又回到病榻前。父親睜開眼睛，問母親床邊有誰。母親為他逐一唱名，每說一個父親便點點頭。不點頭時，母親就大聲重複一遍這是誰，並且追問聽懂了嗎？

「讓大家費心了。」

父親說罷，旋即陷入昏睡。圍在榻前的人默默看著他好一會兒，不多時，其中一人起身到隔壁房間去了，接著又一個人走了。我第三個離開，回到自己的房間，為的是想把方才揣在懷裡的郵包打開來看。其實在病人旁邊也能拆封，可是郵包沉甸甸的，沒辦法在那裡一口氣讀完，我於是利用這個空檔看信。

我使勁撕開厚實的外層紙張，包在裡面的像是一疊稿子，字跡端正地落在格線裡，並且摺成四摺才好封緘。我把西洋紙反過來，沿著摺痕反拗一遍後用力摁平，方便讀閱。

我很訝異老師用了這麼多的紙張和墨水，究竟要告訴我什麼事情。於此同時，我亦惦記著病榻的狀況。我有種預感，在沒看完這封信前，父親的病情必定急轉直下，或者至少哥哥、母親或伯父會喚我過去的。我心不在焉地看起老師的信，目光匆匆落在第一頁上。開頭處是這樣寫的：

「你問起我的過去時，我沒有勇氣回答你。我相信自己此刻已經擺脫束縛，可以在你面前坦白說出了。但是，那不過是在等你回到東京前，暫時獲得的世俗自由。因此，我必須利用這段時間，將我的過去傳授給你，作爲間接的學習經驗，否則再也沒有機會告訴你，也無法信守我當初對你的承諾。迫於無奈，我只能將它寫下來，代替親自口述。」

讀到這裡，我終於明白老師寫來這封長信的理由了。打從一開始我就知道，老師不會為我的謀職特地來信。只是，向來討厭動筆的老師，為何要用那麼長的篇幅記述這件事給我看呢？為何不能等我去東京再說呢？

「因為擺脫了束縛而得以訴說，但是那份自由又將永遠失去。」

我反覆尋思卻不解其意。霍然，一股不安朝我撲襲而來，正急著往下讀，病榻那邊卻傳來哥哥高喊我的聲音。我心頭一驚，起身衝過走廊，趕往眾人聚集的房間。我心裡有數，父親即將迎接人生的最後一刻了。

十八

醫生不曉得什麼時候來到父親的房間，正忙著浣腸試著讓病人舒服一些。熬了一夜的護士在其他房間補眠。不熟悉看護作業的哥哥手忙腳亂，一見我就說：「過來幫忙。」便逕自坐了下來。我代他把油紙墊在父親臀下。

父親看來稍微舒服一些了。醫生在床邊坐了約莫半小時，確認浣腸發揮了效用之後，說他還會再來便離開了。臨走時特意告知，有問題隨時可以找他。

我也跟著從隨時可能發生狀況的病榻前退下，想去續讀老師的信，但是心情沉重，只覺得剛在桌前坐下，哥哥又將大聲喚我。我雙手顫抖，深怕這一次的叫喚意味著父親的臨終。我茫然地揭開老師的信，一頁又一頁，映入眼中的只是規規矩矩嵌在格線裡的文字，卻沒有心思讀下去，連瀏覽的心情也沒有。我依次翻到最後一頁，正準備疊回原樣擱在桌上時，臨近結尾的一句話霍然跳進我的眼裡。

「當你接到這封信時，我大概已經不在人世，早就死了。」

我無比錯愕，上一秒還七上八下的那顆心彷彿瞬間凍結了。我趕忙往前翻，以每頁略覽一句的速度回頭看信。我銳眼掃視，迫切地試圖從這眼花撩亂的字堆裡，以最短的時間內掌握我亟需知道的訊息。這一刻，我只關心老師的安危。老師的過去，他曾答應告訴我的那個晦暗的過去，如今已是無關緊要了。我倒著朝前翻頁，但信文不肯輕易讓我搜尋出最重要的訊息，我急躁地摺起這封長信。

我再度來到父親的房門前探看情形。病榻旁意外安靜，只見母親六神無主，滿臉倦容地坐在那裡。我揚揚手，詢問母親：「情況怎麼樣了？」母親回答：「現在好像穩定下來了。」我探頭湊到父親眼前問道：「還好嗎？浣腸後感覺舒服一些了嗎？」父親點了頭，清晰地說聲：「謝謝。」他的神智比想像中來得明白。

我又一次離開父親，回到自己的房間，抬眼望了望時鐘，以及翻查火車時刻表。我猛然起身將和服腰帶重新纏緊，拿起老師的信塞進袖兜裡，接著從後門溜了出去。我奮力跑去醫生家，打算向醫生問清楚父親能不能再撐上兩三天。我想央求他不管打針或其他任何辦法都行，總之幫父親爭取一些時辰，無奈醫生不在家，而我也沒時間等他回來了。我心情亂糟糟的，立刻招了人力車趕到車站。

我伏在車站的牆上，以鉛筆給母親和哥哥留了一張字條。字條雖僅寥寥數語，總比不辭而別來得好。我請車夫把字條盡快送到家裡，接著頭也不回地跳上駛往東京的火車。在聲響隆隆的三等車廂裡，我又從袖兜裡掏出老師的信，總算能從頭至尾逐字讀了一遍。

【下篇】

老師與遺書

先生と遺書

一

……這個夏天，我收過你兩、三封來信。記得應該是在第二封信上，你託我在東京找份好工作。看過信後，我很希望幫上忙，至少該回個信，否則過意不去。坦白說，我對於你的請託根本沒有盡力。你也曉得，我不善交際，甚至可以說是一個人孤單地活在世上，就算想幫忙也無從幫起。但這不是問題的關鍵所在。事實上，當時我正煩惱該如何處置自己——究竟要像個木乃伊一般苟活人間，還是……那時候的我，每當想到「還是」這個詞彙時，總是不寒而慄，猶如發足狂奔至懸崖邊，陡然瞥見下方深不見底。我膽怯了，我為自己竟和多數膽小鬼一樣而煩心。十分遺憾，即便說我那時根本沒把你放在心上也絕不為過，乃至於你的工作、你的生計，那些東西對我更是沒有意義，毫不相干。我哪裡有心思去幫你張羅那些呢。我把你的信擱進信插裡，只顧自己抱胸苦思。我僅從遠方朝你投去不屑的一瞥，心想既是家有恆產，何須剛一畢業就為謀職而奔忙呢？如此直言相告，是辯解為何沒有覆信，並非故意出言不遜惹你生氣。我相信你只要往下讀完，便會明白我的本意。無論如何，畢竟我早前沒有回信關心，在此請恕怠慢之罪。

後來我發了電報給你。那時其實很想和你見一面，並且如你所願，說出我的過去。你回覆電報婉拒，告知眼下無法來東京。我久久望著那通電報，十分失落。你似乎覺得只發電報不妥，隨後寄來一封長信，我從信裡了解到你不能來東京的理由。你絕對沒有失禮。你豈可不顧父親病重，逕自赴約呢？反倒是我思慮不周，沒有考量令尊性命垂危。……必須坦承，我發那通電報的時候，渾然忘記令尊的情況。你還在東京時，分明是我提醒你令尊得的是不治之症，必須細心照料。我就是這麼矛盾的人！或許不能怪罪我的大腦，而是我的過去把我逼壓成這種矛盾的人。這完全是我的自私，務請諒解。

讀到你最後一封來信時，我赫然發覺自己犯錯了，心想該提筆道歉，卻終究一行也沒寫。如果要寫，我想寫的是這封信，然而那個時候時機未到，於是作罷。這就是我緊接著發去那通簡短的電報「不必來了」的原因所在。

二

我自此寫起了這封信。由於平時不動筆，以致於難以筆隨心想，將來龍去脈交代清楚，這使我非常痛苦，險些想放棄這項對你應盡的義務。我灰心停筆，卻於事無補，不到一個小時又想寫了。或許你會認為這是我重然諾的性格所致，對此，我不否認。你也曉得，我是個孤單的人，與社會幾乎沒有連結，哪怕從任何一個角度現在，我要親手剖開自己的心臟，讓鮮血噴向你的面龐。倘若我心臟停止搏動的那一刻，能夠在你的胸口孕育出新生命，也就死而無憾了。

私は今自分で自分の心臓を破って、その血をあなたの顔に浴びせかけようとしているのです。私の鼓動が停った時、あなたの胸に新しい命が宿る事ができるなら満足です。

檢視我這個人，也找不到所謂應盡義務的蛛絲馬跡。有意無意之間，我盡可能過著避免義務的生活。但我並非不願意履行義務才變成這樣的，毋寧說我過於敏感，不堪受刺激，所以過著如你所見的消極日子。因此，一旦許下諾言而無法兌現，就會令我煩心。為了不讓自己煩心，我不得不再次提筆寫信給你。

況且，我由衷想寫這封信。這無關義務，是真的想寫我的過去。我心裡多少覺得，我的過去是自己的經歷，不妨說是僅屬於個人所有，如果在世之時沒能將它送給別人，未免可惜。不過，與其送給無法接受的人，乾脆隨我一同埋入黃土來得好。假如從未認識你，我的過去終將只是我的過去，甚至無法間接轉化為別人的借鏡。在幾千萬日本人中，我只想對你一個訴說我的過去。因為你真心想知道，因為你真心想從人生中汲取活生生的教訓。

我將毫不留情地把人性的黑暗面直接映射到你的頭上。你不可以害怕。你必須凝視它，從中擇取對你有益之物。我所說的黑暗，當然是指道德上的黑暗。我出生於講究道德的家庭，並在謹守道德的環境長大。我的道德思惟，或許與時下的年輕人大相逕庭。但縱使截然不同，亦是屬於我的思惟，絕不是那種臨時租來的衣服，所以對於即將踏上發達之路的你，應該具有幾分參考價值吧。

還記得吧？你經常和我爭論一些現代思想的議題，應該很清楚我的觀點。我雖不至於鄙視你的見解，可也絕稱不上佩服。一來你的思惟沒有任何佐證，再者你的閱歷還太淺。我通常只是付之一笑，而你總是露出沒能得到解答的表情。到最後，你逼我把過去如卷軸一般在你面前鋪展開來。直到那一刻，我才打從心底佩服你。因為我看到了你的決心。你不顧一切，想從我體內掏出某種活生生的東西。你要剖開我的心臟，吸吮汩汩流淌的滾燙血液。但是那時候我還活著，還不想死，所以沒有答應你的要求，另約了日後再說。現在，我要親手剖開自己的心臟，讓鮮血噴向你的面龐。倘若我心臟停止搏動的那一刻，能夠在你的胸口孕育出新生命，也就死而無憾了。

三

我還不到二十歲就失去了父母。記得妻子向你提過，家父母死於同一種病，還說他們一前一後，幾乎是同時離世的，當時你十分難以置信。事情的真相是，家父染上了可怕的傷寒，然後傳染給在一旁照護的母親。

我是獨生子，家中資產豐厚，成長過程自然培養出落落大方的氣度。回首過往，假如那時父母沒有亡故，或至少其中一人健在，我現在應該仍能保有那份豁達大度。

家父母過世後，留下我一人茫然無依。我沒有學識，沒有閱歷，更沒有判斷能力。

家父走的時候，家母沒能陪在他的身邊；等到家母走的時候，連家父已逝的消息也沒有告訴她。我不曉得家母是否已經心裡有數，還是像別人所說的，她滿心相信家父正在康復。總之，她把一切都託付給叔父，並且指著眼前的我對叔父說：「這孩子就麻煩您了。」家父母早前已經答應讓我去東京求學，所以家母當時也想順帶交代叔父一聲，只說了句「讓他去東京」，叔父立刻接口道：「沒有問題，請儘管放心」。大概是因為家母的體質能夠耐住高燒，叔父曾對我稱讚家母「真是個堅強的人。」時至今日，我已無從得知那是否就是家母的遺言了。家母當然知道父親染上的病惡名昭彰，也知道自己染上的是同一種病，但我始終懷疑，家母是否深信自己將因此而斷送性命。家母高燒時縱使說話條理分明，但過後經常忘得一乾二淨，所以……不過，這其實不重要，只是我從那時就已具備像這樣從各個角度觀察與分析事物的習慣了。我認為必須先讓你知道這一點。這部分的記敘雖然與目前要講述的問題沒有太大相關，但應該對你有所助益，希望你在讀這封信時心裡記著這件事。我的這種性格在道德層面影響了我的行為和舉止，乃至於逐漸演變成無法相信其他人的道德。請記住，我的煩悶和苦惱，有極大的比例源自於此。

一旦離題就不容易看懂，我還是言歸正傳。即便有前述的種種因素，與其他擁有相同遭遇的人相比，我寫下這封長信的心情還算平靜。當世人進入夢鄉以後才隱約傳來的電車聲響也已消失。擋雨窗外不知何時響起低聲哀憐的蟲鳴，不禁讓人想起秋涼白露。天真的妻子在隔壁房裡睡得香甜，對我即將寫下的事情一無所知。我握著筆，一筆一畫在紙上沙沙作響，反而使我平靜下來。字跡經常超出格線之外，我想應該是因為太少寫字，而不是思緒紊亂的緣故。

四

總而言之，我孑然一身，只能按照家母的囑咐仰仗這位叔父了。叔父肩負起一切，無微不至地照顧我，並且依照我的期望安排我前去東京。

我來到東京進入高校就讀。那時候的高校生比現在來得野蠻凶狠。我認識的一個人喝酒鬧事，在夜裡和工匠吵架，拿木屐打傷了對方的腦袋。就在雙方打得一團的時候，他頭上的校帽被對方一把搶走，而縫在帽襯的菱形白布片上寫著他的名字。事情於是鬧大，那人險些被警察找去學校問話。所幸朋友多方斡旋，總算息事寧人，私下解決了這起事件。現今學風溫文儒雅，你們聽到這麼凶蠻的行為，一定會覺得十分荒唐，其實我也覺得很荒唐。不過，那時的學生淳厚樸實，現在的學生已經沒有這種特質了。彼時叔父每月給我的錢，遠比現在令尊寄給你的學費來得少（當然物價也不一樣了），但我沒有絲毫不滿。不僅沒有不滿，就經濟上而言，絕對不是羨慕別人的可憐蟲。如今回想起來，反倒是同學很嫉妒我。因為我除了每個月固定收到的匯款以外，還經常向叔父索討購書費用（我從那時就喜歡買書）和一些臨時支出，可以隨心所欲盡情花用。

我當時不諳世間險惡，不僅信任叔父，更對他心存感激，尊敬這位恩人。叔父是企業家，還當上縣議會的議員。大概是這層關係，印象中他和政黨人士也有往來。就這點而言，他雖然是家父的胞弟，但性格發展卻與家父全然不同。家父生性篤實，致力守護祖傳家業，嗜愛品茗蒔花，耽讀詩集，對骨董書畫也很有興趣。我的老家在鄉下，相距四公里遠的城市——叔父就住在那個城市裡——常有古玩商人帶字畫、香爐之類的骨董給家父看。簡單地說，家父稱得上是man of means[6]，是嗜好風雅的鄉間仕紳。因此就性情來看，父親和豪爽的叔父有很大的差異，但兄弟倆十分要好。家父經常稱讚叔父遠比自己有能耐，值得信賴。還說像他這樣繼承家產的人無須在社會上奮鬥，以致於原本的才幹無從發揮而日漸落伍。家父這番話不僅家母聽過，我也聽過。家父的用意應該是想開導我，他特意看著我的臉說道：「這些話你可得牢牢記住。」所以至今我依舊謹記在心。也因為如此，我怎能懷疑家父如此信賴與稱讚的叔父呢？那可是我引以為傲的叔父啊！父母相繼離世以後，我一切都必須仰仗叔父照料，叔父已不單是我的驕傲，更是我生活中不可缺少的人了。

五

我第一次暑期返鄉的時候，叔父與嬸母已經住進家父母留給我的那間屋子裡，成為新的主人了。這是在我去東京之前就講定的。因為只剩下我一個人，又無法守著這個家，只有這個辦法了。

當時叔父和城裡許多公司似乎都有業務往來。他笑著說，若以業務考量，住在城裡要比搬到相距四公里遠的我家來得便利多了。這是家父母過世後，我和叔父商量我去東京求學期間該如何管理老家時，叔父自己說過的話。我家老宅歷史久遠，在附近小有名氣。你的家鄉應該也是這樣。在鄉下，假如繼承人拆掉或變賣老宅，可是鄰里間不得了的一樁大事。換作是現在，這根本算不了什麼，但那時我年紀小，既想去東京，又不知道拿這間空屋如何是好，十分苦惱。

叔父無奈之下答應了搬進我家裡，但是講好他要保留城裡的住處，方便兩地往來。我當然不會反對。什麼樣的條件都好，只要能讓我去東京就行。

稚氣未脫的我即使離開故鄉，心裡還是思念著故鄉的老家。異地遊子，內心依然眷戀著永遠的歸宿。我雖因為嚮往東京而離開家園，可是一旦放假便思鄉情切。

⑥意指資產家、有錢人。

我在認真學習、開心玩樂之餘，時常在夢裡回到那個一放假就可以歸去的家。

我不曉得在我離家期間，叔父是怎樣往返兩地。我到家的時候，叔父一家人都住在這間屋子裡。還在學校讀書的孩子應該平時都住在城裡，同樣是放假時才來到鄉下玩一玩。

大家見到我都很高興，我看到家裡比父母在世時更加熱鬧，也很開心。叔父把大兒子從我原本的房間趕了出去，讓我住進去。其實家裡還有不少空房，我推說住其他房間無妨，但是叔父堅持這是我的屋子，非得這樣才行。

除了不時想起已逝的父母，我和叔父全家一起開心地度過了這個夏天後，回去東京了。唯獨有件事，在我心裡罩上一層淡淡的陰影，那就是叔父嬸母異口同聲催我結婚，而且前後說了三、四回。我才剛進高校就讀，一開始只覺得這項提議來得突兀，第二次乾脆拒絕，到了第三次，我終於忍不住反問為什麼這麼急。他們的想法很單純，只是希望早點討個媳婦回來，才好打理亡父的家產。我原先只把這個家視為放假回來的地方，但若談到要繼承祖產就必須娶親，這前後的邏輯我也能夠理解。我熟知鄉間的生活方式，尤其可以體會這麼做的必要性，也絕不反對這種做法。但畢竟我剛去東京求學，覺得這種事好比拿望遠鏡眺望一般，離我還十分遙遠。我沒有答應叔父的建議，就這麼再度離開了家鄉。

六

我沒把娶親的事放在心上。我觀察過身邊的年輕同學，誰也不像有家室的人。大家看來都很享受無拘無束的單身時光。這些人看似沒有牽掛，倘若深入了解，或許有的人因為家庭因素已經結婚了，只是我太天真，沒有察覺。就算真的有人處境這樣特殊，也會考量周遭人的感受，盡量不提及無關學生生涯的家務事。事後回憶起來，我自己亦是其中一員，只是當時沒想到，依舊天真快樂地走在學習之路上。

學期結束，我又收拾行囊回到父母長眠之地。和去年一樣，我在父母留給我的家裡，再次見到叔父嬸母和孩子們一如往昔的面孔。在那裡，我又一次聞到故鄉的氣息。那令我思念的親切氣息，無疑是整學年單調的生活中，最寶貴的心靈調劑。

可是，就在成長過程最熟悉的這股味道中，叔父突然又當著我的面重提婚事。他只是把去年催婚的說詞重複了一遍，理由也和去年一樣。只是上回談的時候沒有提到具體的對象，這次則把人選明明白白擺在眼前，使我愈發為難。新娘人選就是叔父的女兒，亦即我的堂妹。叔父告訴我，家父生前也說過這門婚事於雙方有利。我也覺得這對彼此都有益處，並且家父也極有可能向叔父提過此事，不過直到叔父說出來之前我根本一無所悉，當然難掩驚訝。儘管驚訝，但是可以理解叔父的提議其來有自。難道是我情竇未開嗎？或許真是如此，但最主要的原因是我對堂妹沒有產生情愫。我從小常去城裡的叔父家玩，不單去玩，還常住下來，那時就和這位堂妹很親近。你也曉得，兄妹之間是不會萌發愛情的。也許我擅自演繹這眾所周知的事實，但總覺得男女之間朝夕相處而過於親密，會失去誘發愛情必備的新鮮感。如同唯有焚香燃起的剎那才聞得到香氣，只有酒液入喉的瞬間才嚐得到酒香，愛情的衝動也僅存在於某個時間點。一旦沒有把握這個階段，雙方雖然愈來愈熟稔，愈來愈親密，但是愛情的神經卻會漸漸麻痹。我再三思索，仍舊無意娶這位堂妹。

叔父建議我不妨等到畢業再成婚，不過他也補上一句俗諺「好事不宜遲」。如果我答應，最好趁現在先定下這門親事。問題是我根本沒有這個意願，順序如何都是同一回事。於是我再一次拒絕了。叔父沉下臉來，堂妹也哭了。她並不是因為不能嫁給我而傷心，而是身為女人卻被拒絕婚事感到難堪。我心裡明白，正如我不愛堂妹，堂妹其實也不愛我。我再次前往東京。

七

又過了一年的初夏時節，我第三度返鄉。我總是一等期末考結束就迫不及待地逃離東京，對故鄉的思念是那麼樣地深。你應該也有同樣的感覺，故鄉的空氣看起來就是不同，土地的氣味別具一格，蘊含著對父母濃濃的回憶。每一年的七、八這兩個月能夠生活在這樣溫馨的氛圍裡，使我猶如入穴冬眠的蛇一般，倍感溫暖。

我天真地以為不必為堂妹的婚事煩惱，不樂意就拒絕，拒絕以後也就沒事了。所以我沒有委屈自己遷就叔父的建議，根本未把這件事放在心上。過去這一年來，我不曾為此事煩惱，照樣開開心心地回到故鄉。

沒想到回來一看，叔父的態度不一樣了，不再像往常那樣和藹地將我抱進懷裡。只是我生性豁達，到家四、五天了都不曾起疑，直到一個偶然的機會才忽然覺得事態有異。緊接著，我發覺古怪的不僅是叔父，連嬸母和堂妹也變了，甚至那個寫信給我打聽情況、準備中學畢業後報考東京高等商業學校的堂弟，舉動也不太尋常。

個性使然，我不由得仔細推敲到底怎麼回事。為什麼我有這種奇特的感受呢？不，應該說為什麼他們變成這樣了呢？我懷疑是否驟逝的父母擦亮了我混沌的雙眼，讓我一下子看清了這個世界。我心底依然深信，縱使離開人世，父母仍與在世之時同樣愛我。那個時候我絕對是理性的，但是祖傳的迷信頑強地潛藏在我的血液當中，至今猶存。

我獨自上山，懷著哀悼與感激之心，跪在父母的墳前。我未來的幸福，彷彿依然掌握於躺在冰冷墓石底下的他們手中。我祈求他們守護我的命運。看到這裡，你也許會嘲笑我。即便嘲笑也無妨，我就是這樣一個人。

我的世界頓時起了翻天覆地的變化。事實上這已經不是第一次了。我在約莫十六、七歲首度領略到人間的美好時，也是萬分訝異。我不停懷疑自己看錯了，不斷揉搓自己的眼睛，並在心中吶喊著：啊，太美了！不分男生和女生，十六、七歲的年紀正值情竇初開。情竇初開的我第一次赫然發現，映入眼簾的女子絕對是人世間最美麗的代表。在此之前，我從來不曾在意任何異性，直到此刻，我那雙盲眼豁然大放光明，由此開啟了我的一片新天地。

當我察覺到叔父態度改變的瞬間，和前面描述的過程完全相同，都是在剎那間霍然驚覺，沒有任何預感和心理準備，就這麼驟然而至。叔父一家人突然判若他人，令我大為驚詫。我不禁擔心起自己，照這樣下去，恐怕前途堪慮。

八

我逐漸覺得，如果不弄清楚託付給叔父管理的家產，未免對不起死去的父母。正如叔父所言，他確實十分忙碌，每晚都睡在不同地方，經常回來住上兩天，再去城裡待上三天，於兩地之間奔波來去，成天累得昏頭轉向，總是將「忙死了」這句話掛在嘴邊。我尚未起疑的那段日子，當真以為叔父忙得不可開交，並曾不無挖苦地心想：不忙可就跟不上時代潮流嘍！然而，當我希望花些時間與叔父細談財產問題時，他的異常繁忙卻成了逃避我的藉口。我遲遲未能抓住機會與叔父詳談。

叔父在城裡納了小妾的傳聞進了我的耳裡。這是一位中學的老同學告訴我的。按叔父的個性，即便納妾亦不足奇，只是家父生前我不曾聽說，不禁有些錯愕。不僅如此，這位老同學還講了不少關於叔父的流言蜚語，其中一樁使我對叔父愈發起疑。據說有一段時期，大家眼看著叔父的事業即將垮掉，可是這兩三年突然又頗有起色。

我終於和叔父展開談判。或許用談判這個字眼不大恰當，但以結果而論，我再也想不出比這個詞彙更適合的形容了。叔父始終把我當個孩子哄騙，而我從頭至尾對叔父投以猜疑的眼光，這件事自然不可能有圓滿的結果。

很遺憾，我急著往下敘述，無法把那次談判的經過詳細地寫在這裡。其實還有比這個更重要的大事非講不可，我手中的筆早已迫不及待想寫到那裡，好不容易才耐住性子。我將不再有機會與你促膝長談，沉且又不善書寫，加上時間寶貴，種種原因導致縱使想寫也只能割愛。

你應該記得我曾說過，世上根本沒有那種同一個模子印出來的壞人，很多好人一遇上切身相關的重要時刻，就會搖身變成壞人，因此千萬大意不得。那時，你提到我看來有些憤慨，接著又問我，到底是在什麼樣切身相關的重要時刻，好人會變成壞人？當我回答你「就是錢呀」，你露出了掃興的表情。你當時臉上的神情，至今依然歷歷在目。我現在可以告訴你了，那時我腦中浮現的就是這位叔父。想起叔父，我就會心生憎惡。他正是普通人見錢眼開而搖身變成壞人的典型，亦是世上人皆不足為信的範例。你正值渴望深入探索思惟境界的年紀，也許不滿意我的回答，又或許覺得那是迂腐老調。然而對我而言，那卻是血淋淋的答案。我當時的憤慨填膺，不正可以用來佐證嗎？我相信以激情的口吻敘述平凡的道理，遠比用冷靜的頭腦來分析新鮮的事物來得更有說服力。身體的運作乃是仰靠血液的能量。語言並不僅僅是空氣波動的傳遞，更具有撼動山河的強大威力。

九

簡而言之，叔父騙走了我的財產。在我去東京的這三年間，他輕易地將之納為己有。我毫不設防地把一切家產委由叔父管理，想必一般人都要笑我是大傻瓜，但若以超俗的眼光看來，或許亦可說我是個純真的可敬之人。回想起當時，我不禁懊悔自己太過正直，多希望生來就是城府深密。不過，我又渴望能重返呱呱墜地時的天真模樣，再活一回。請記住，你認識的我，已被塵垢玷汙了。倘若髒汙多年的人具有前輩的資格，那麼我確實是你的前輩。

假如我按照叔父的期望和他女兒結了婚，無庸置疑，想必我能過比較好的生活。叔父硬把女兒強塞給我是基於策略考量。提出這門親事，根本不是好意讓兩家互益，而是出於卑鄙的利益薰心。我只是不愛堂妹，並不討厭她。不過事後想來，拒絕了這門親事，我多少有些竊喜。就結果而論，我終究是受騙了，但即使受騙，不娶堂妹為妻等於沒讓叔父如願，形同些許堅持了自己的立場。不過，這件小事根本不足一提，尤其看在你這不相關的人眼裡，想必覺得我只是意氣用事。

其他親戚也摻和進來了。那些親戚我連一個也不信任。不僅不信任，甚至視他們為敵。在我發覺叔父欺騙了我之後，便認定其他人必然同樣不懷好意。我的邏輯是，就連家父讚譽有加的叔父尚且如此，其他人更不用說了。

即使如此，他們還是幫我核算出屬於我的財產。可是換算成金額之後，遠比我的預期少了許多。我只有兩條路可走，不是閉嘴收下，就是與叔父對簿公堂。我憤怒難當，但也猶豫不決，唯恐打官司會耗費冗長的光陰。我正在求學，學生若被剝奪了最寶貴的學習時間，將是一件非常痛苦的事。兩相權衡之下，我託請住在城裡的中學老同學，把我拿到的家產全都變賣成現錢。他勸我別這麼做，我不肯聽。因為那時我下定決心要永遠離開故鄉，並且發誓不再與叔父見面。

離開故鄉之前，我去為父母上墳。從此以後，我再也沒有到過他們的墓前，往後也不會有這種機會。

老同學依照我的請託，幫忙處理了。當然，等我回東京後又過了很久，他才全部處理完。畢竟要在鄉下出售田地並不容易，況且也要提防買主趁機削價。總之，我最後實際拿到的錢，比原本應有的價值來得少。坦白說，我的財產只剩下離家時帶出來的若干公債，以及後來這位老同學送來的錢。父母原本留給我的遺產並沒有那麼少，加上根本不是我揮霍無度造成的，心情更是糟透了。不過，這些錢讓一個學生過日子，已是綽綽有餘。我後來花用的金額，其實還不到這筆存款利息的一半。只是作夢也想不到，如此優渥的生活，卻讓我這個學生墜入了萬劫不復的深淵。

十

既然手頭寬綽，我考慮搬出嘈雜的宿舍，自己住一棟屋子。可是這樣一來就得置辦家具，以及雇個老太太照料起居，並且老太太必須誠實可靠，讓我出門時能夠放心把家裡交給她。基於以上種種理由，真要著手似乎相當麻煩，這事也就耽擱下來了。一天，我心血來潮想找房子，於是信步從本鄉台朝西，走下小石川的坡道，再爬上斜坡，往傳通院的方向徑直走去。如今通了電車，那一帶的景象已經大為改觀了，但當時左側是炮兵工廠的土牆，右方則是一片既像平地又像矮崗的空地，遍地長滿野草。我站在草叢裡，不經意地望向對面的山崖。那附近如今看來依然不錯，不過西邊的景致更是獨樹一幟，單是那面一望無際的幽深濃綠，便足以使人心曠神怡。我靈感一來，心想這邊說不定可以找到合適的房子，隨即舉步穿過草原，循著小路向北走去。那一帶至今仍然不是個像樣的城鎮，當時的房舍更是雜亂錯落，髒汙不堪。我穿過空地，拐過小巷，兜轉繞逛，最後向雜糧點心鋪的老闆娘打聽附近有沒有出租雅致的屋子。「讓我想想……」老闆娘歪著頭想了想，「這附近有屋子要租人嗎？……」見她似乎想不出來，我失望地準備回去。這時，她忽然問說：「民宅分租的房間，行嗎？」我有些被打動了，暗自盤算一下：一個人搬進住家分租的安靜房間，可以省去自己打理屋子的麻煩，這主意挺好。我便在鋪子裡坐了下來，請老闆娘說得詳細一些。

老闆娘告訴我，那戶人家是軍人家屬，其實可以稱為遺族，據說男主人好像死於日清戰爭⑦期間。這戶人家一年前原本住在市谷的士官學校旁邊，因為家裡有馬廄且太大，便賣掉了搬來這裡。只是家裡人口冷清，因此央託老闆娘幫忙介紹合適的房客。我向老闆娘確認了，那家只有孀婦、獨生女兒和女傭。我心想家裡清靜，正

⑦ 即發生於一八九四至九五年間的中日甲午戰爭。

合我意，旋即擔心我一個學生貿然造訪，會不會因為來歷不明被拒於門外？我原先打算作罷，繼而轉念一想，我這身學生裝束並不寒傖，況且也戴著大學校帽出門。你恐怕會笑問，頭戴大學校帽又如何？要曉得，當時的大學生和現在不一樣，在社會上很有信譽，足以讓我在那種情形下，因為頭上這頂四角帽而擁有自信。於是我在沒有任何引薦之下，依照點心鋪老闆娘的指點，前去拜訪那戶軍人的遺族。

我見到那位孀婦，說明了來意。她盤問我的身分、學校與主修科目等等問題後，大抵認為信得過我，立刻告知什麼時候搬來都可以。這位孀婦稟性正直，處事明快，實在令人佩服。我不禁心想，是否軍人的妻子都是這樣。欽佩與訝異之餘，我納悶這樣的性情中人怎會覺得寂寞呢？

十一

我很快搬進了這戶屋宅，租下第一次和孀婦洽談時的房間。那是屋內最好的房間。當時本鄉一帶逐漸開始蓋一些高級租屋，相較之下，我明白房東給我這個學生的房間，遠比那些高級租屋來得氣派多了。剛搬進新房間時我甚至想過，一個學生住這樣未免過於奢侈。

房寬八鋪席，壁龕側面有錯落的擱板，沒有鄰接簷廊的那片牆嵌有壁櫥。雖然沒有窗子，但是面南的走廊享有明亮的日照。

搬來那天，我看到房間的壁龕裡插著花，旁邊豎倚著一張琴，兩樣都不合我的心意。家父嗜尚詩書與烹茶，我自幼便喜歡唐土風格的雅趣。或許是這個原因，我向來對這種俗豔的擺飾不自覺投以蔑視的目光。

家父在世時蒐集的骨董大都被叔父糟蹋了，所幸還留下一些。我離開故鄉時全部寄放在中學時的老同學那裡，只揀出四、五幅有意思的，卸下掛軸桿塞在行李底下帶來了。原本期待著一搬進新房間就要拿出來掛在壁龕裡欣賞，但在看到這張琴和插花之後，倏然失去了興致。後來聽說這花是特意為我插上的，不禁暗自苦笑。那張琴倒是從前就擺在這房間，大概是無處可收，只好豎倚在這裡了。

談到這裡，想必你腦海裡會浮現一個年輕女子的身影，就連搬進來的我也一樣。早在還沒搬到這裡之前，我已對此十分好奇。或許是這種不該有的念頭導致我態度不自然，亦可能是我還不善與人交際，總之第一次見到這位小姐時我慌裡慌張地向她問候，而小姐同樣羞紅了面頰。

在見面之前，我是從孀婦的相貌和舉止來想像這位小姐，但是這種想像對小姐並不公平。我以為軍人的妻子既是如此，那麼按此邏輯，她的女兒必然也是這樣的。可是在見到小姐的剎那，頓時徹底推翻了這層演繹。一抹迄今仍覺不可思議的異性芳香，鮮活地沁入我的腦海裡。自這一刻起，我對擺在壁龕中央的插花不覺得礙眼，對同樣豎倚在一旁的琴也不覺得討厭了。

那花快要凋謝便會定期換上新的，琴也時常被拿到簷廊轉角斜對面的房間去。我在自己的房裡，坐在桌前托腮聆琴。琴藝好壞，我不大清楚，但從彈奏的曲子並不複雜來判斷，大概算不上精湛，頂多和她插花的水準差不多吧。花藝我倒是懂得鑑賞，這位小姐的功力絕對不夠高明。

饒是如此，這位小姐仍頗有勇氣地在我的壁龕擺上各色花卉，只是插飾的型態一貫相似，而且花瓶也總是那一只。可是音樂還比插花更糟，就這麼斷斷續續地撥撩著，根本聽不到歌聲。並不是她沒唱歌，只是聲音猶如耳語般低吟，而且一挨罵便噤口無聲了。

我滿心喜悅地瞧瞧這蹩腳的插花，再聽聽那拙劣的琴音。

十二

離開故鄉時，我變得十分厭惡這個俗世，凡人皆不可信的觀念已然滲入骨髓。我所敵視的叔父、嬸母和其他親戚，無疑就是這類人種的代表。就連在火車上也不由得對鄰座心懷警惕，偶爾對方找我搭話，我也必定提高戒備。我心情低落，常像吞了鉛塊似的沉重，然而正如剛才所說的，情緒反倒變得愈來愈敏感。

重返東京以後，我之所以想搬出宿舍，這應該也是主要的原因。雖說是因為不愁金錢才想獨住一戶，但按照我從前的性情，即便手頭闊綽也不至於這樣自尋麻煩。

搬到小石川以後，這種緊張的情緒並沒有得到紓解。我提心吊膽，四下張望，那模樣如今說來實在慚愧。奇怪的是，我的大腦和眼睛躁動不安，嘴巴卻反而愈發緘默。我總是悶聲不響地坐在桌前，猶如一頭貓似地觀察著這戶人家，從不鬆懈地注意著她們的一舉一動，儘管經常為此感到歉疚。我覺得自己彷彿是個不竊物的小賊，愈想愈厭惡自己。

你一定覺得奇怪，既然如此，我怎麼還會喜歡上這位小姐？怎麼還會滿心喜悅地欣賞她蹩腳的插花？怎麼還會喜不自勝地聆聽她拙劣的琴音？對於你的疑問，我只能回答這兩種心情雖然相互悖反，但全都是出自真心，因此，我告訴你的也全都是事實。至於如何解釋，就交由你這個聰明人去想了。我只想補充一點：遇上金錢問題，我對人抱持疑心，但當遇上愛情，我依然對人恆信不疑。儘管旁人看得納悶，甚至自己想來也覺矛盾，但這兩種感受卻在我心裡和平共存。

我通常稱呼孀婦為夫人，往後的敘述均以夫人代稱。夫人誇獎我是個寡言而穩重的男子，又稱讚我用功讀書，唯獨對我游移不定的眼神和賊眉鼠眼的模樣絕口不遇上金錢問題，我對人抱持疑心，但當遇上愛情，我依然對人恆信不疑。

私は金に対して人類を疑ったけれども、愛に対しては、まだ人類を疑わなかったのです。

提。不曉得是她沒有察覺，還是客套不講，總之她似乎並未留意到我的短處。夫人非但沒有提及，有一回甚至以尊敬的口吻說我大氣。我那時個性耿直，頓時有些臉紅，趕忙謙說夫人過獎了。沒想到夫人竟然認真解釋：「你沒發現自己的優點，才會這麼說。」

聽說夫人起初並不打算將房間租給我這樣的學生，而是拜託街坊鄰居幫忙介紹公務員當房客。或許是夫人過去有成見，認為會來分租民宅的人通常薪俸都不高，所以把那些想像中的房客拿來與我相比，才會誇我大氣。如果和那些生活節儉的人比較，我在金錢用度上可能顯得大方，但那不是個性使然，與我的心態根本無關。夫人畢竟是婦道人家，僅憑觀察到的一個小點，便試著以同樣的讚美之詞，延伸至我的為人處世。

十三

夫人如此善意對待，自然而然影響了我的心情。不多久，我的眼神不再飄忽，我的心緒也能隨著落坐而安穩下來。也就是說，夫人和家裡的人並不在意我孤僻的眼神和疑心的態度，這帶給我很大的慰藉。對方的一舉一動不再牽動我敏感的情緒，心境也就逐漸平復下來了。

我一方面認為夫人擁有識人之明，才會刻意如此待我，另一方面也覺得可能真如她說的，確實看出我氣度大方。又或者是我固守小節的想法只侷限於腦袋裡，沒有外顯出來，以致於夫人沒能看出真相。

隨著心境的平復，我與夫人及小姐漸漸熟悉，甚至能和她們談笑了。有時候她們會說茶沏好了，請我到她們房裡用茶，有時候我晚上買回點心，請她們到我這邊共享。我感覺自己的交友範圍倏然擴大，為此浪費了許多讀書學習的寶貴時間。奇怪的是，我完全不在意這種妨礙。夫人本就賦閒在家，但小姐放學以後還得上花藝和彈琴課程，原以為相當忙碌，但看來似乎有不少餘暇，因此三個人不時聚在一起談天說地，共度時光。

來喚我的多半是小姐。有時候她拐過簷廊的轉角，站到我的房門前；有時候她則穿過起居室，在鄰室的隔扇上映出身影。小姐來到這裡時總是先頓一頓，然後一定喚了我的名字再問道：「在用功嗎？」我在房裡時，桌前通常攤開一本艱澀的書，一副聚精會神的模樣，旁人看來像在耽讀研習。實際上，我並沒有那麼專心用功。儘管視線落在書頁上，心裡卻期待著小姐來叫喚。假如左等右等遲遲不來，我只好起身走到她們房前，開口問道：「小姐在用功嗎？」

小姐的房間連著起居室，大小約六鋪席。夫人有時在起居室，有時待在小姐的房間，亦即這兩間房如同沒有各自隔開，也沒有哪一間屬於特定某人，任母女倆隨意使用。我在房外一出聲，應答「請進」的一向是夫人，小姐即便在房裡也很少回話。

日子久了，小姐偶爾有事獨自來到我的房裡，也就順道坐下聊起來了。每逢這種時候，我心頭便會隱隱地躁動不安。我不認為這種不安只是因為和年輕女子相對而坐。不知道為什麼，心裡七上八下的，這種出賣真實感受的尷尬表情不停折磨著我。但是小姐並不害羞，反倒顯得平靜，不禁使我懷疑眼前這位女子真是那個無法奏出美妙琴音的人嗎？小姐若在這裡逗留太久，夫人會從起居室喚她，可她也僅只應一聲，遲遲沒有起身回去。小姐已不再是孩子了，我看得很明白。就連她這種故意讓我明白的舉動，也完全心領神會。

十四

小姐回房後，我總算鬆一口氣，但又覺得有些失落和歉疚。或許是我缺乏男子氣概。看在你這位今日青年的眼裡想必更是如此。不過我們這一輩人當年都是這樣。

夫人很少外出，即使偶爾不在家，也不曾留下小姐和我獨處，不知道是巧合還是刻意。從我口中說來不大妥當，若是仔細觀察夫人的舉動，覺得她似乎有意讓自己的女兒和我接近，但有時又彷彿對我懷有戒心。因此一開始遇到這種狀況時，常使我不太愉快。

我很希望夫人能夠採取始終如一的態度。因為就大腦的思惟而言，這兩種態度分明彼此矛盾。遭叔父欺騙一事仍然記憶猶新，我不得不對夫人抱持進一步的懷疑，推敲夫人的態度何者為真？何者為假？結果我根本沒法辨識。非但無從辨識，更不懂她為什麼會有這種奇妙的舉動，任我絞盡腦汁也想不出個道理來，甚至乾脆歸咎於「女人」這個詞之上便罷。每當我想不透時，總是會得出這樣的結論：反正女人就是那樣，女人淨是做些蠢事。

即便我瞧不起女人，但說什麼都不會瞧不起小姐。我的這套理論在她面前徹底失效。我對她的愛慕近乎一種信仰。看到我將宗教語言用在年輕女子身上，恐怕會讓你錯愕，但我直到今天依舊堅信不疑。我始終深信真正的愛情和宗教信仰沒有太大的差異。每當我見到小姐，便覺得自己也變得美好；每當我想到小姐，便覺得自己立刻得到高尚氣質的潛移默化。如果愛情這種不可思議的東西有兩個極端，高聳的一端會觸發神聖的情感、低矮的一端會誘發性欲，那麼我的愛情確實抓住了那個最高的頂點。我也是個活生生的人，身體無法摒除肉欲，但是我凝視小姐的眼和思念小姐的心，卻沒有散發出一絲一毫夾雜肉欲的腥臭。

我雖對這位母親抱持反感，但對她女兒的愛情卻愈發濃烈。比起我剛搬來的時候，我們三人的關係變得更加複雜了。但是這種變化只發生在內心層次，幾乎沒有表露出來。直到不久後一個偶然的機會，我才發覺自己恐怕誤解了夫人。經過重新考量，我認為夫人對我的矛盾態度全都不假，並且夫人的心沒有受到這兩種矛盾態度的交替支配，而是二者同時並存於她的胸口。換言之，我觀察到的結論是，夫人一方面試圖讓小姐盡量接近我，於此同時又對我懷有戒心。看起來雖然矛盾，但當夫人懷有戒心的時候，並不是忘卻或推翻自己的另一種態度，而仍然企盼我們兩個人變得親近。我將之解釋為夫人只是唯恐兩人親近的程度超出她認可的適當範圍。當時我對小姐從不曾萌生想一親芳澤的念頭，夫人的憂慮可以說是多餘的。想通了以後，我對夫人的反感從此一掃而空。

十五

我從多種角度綜合分析夫人的心態之後，確認了這家人對我完全信任，甚至找到了第一次見面就受到夫人信任的證據。對於開始疑神疑鬼的我，這個發現帶來了有些異樣的感受。我認為女人的直覺比男人來得強，並且女人也因此而容易遭到男人欺騙。我一方面理性觀察夫人，對小姐卻以強烈的直覺看待，如今想來不免可笑。

我向自己發誓不再相信別人，可是對小姐完全信任，在這樣的情況下，仍對信任我的夫人有著奇怪的感覺。

我沒有多講故鄉的事，尤其是近來的風波更是隻字未提。一想起那件事，我心裡就很不舒服。我只想當個稱職的聽眾，但是夫人她們不肯放過，非要我說一說老家的回憶。我終究一五一十統統說了。當我告訴她們，再也不回故鄉了，就是回去也一無所有，只剩下父母的墳墓時，夫人顯得非常感動，小姐甚至哭了。我不禁暗自欣喜，心想說出來真是對極了。

夫人聽了我的人生境遇，臉上的表情彷彿在說她果然沒有走眼。此後，她視我如自家晚輩。我非但不生氣，反倒覺得開心。只是一陣子過後，我的疑心病又犯了。

一些瑣碎的小事使我開始對夫人產生猜忌。隨著這類瑣事愈積愈多，猜忌亦愈來愈深。某一天，我赫然想到，夫人極力讓小姐接近我，是不是也和叔父一樣別有用心呢？這個念頭一冒出來，一直以來親切對待的夫人，在我眼裡立刻化身為狡猾的陰謀家。我痛苦地緊咬下唇。

夫人一開始就對外宣稱家裡人少冷清，盼能找個房客好照應。我不認為這是謊言。在我們熟悉之後無話不談，從聊談中可以聽出那的確是夫人出租房間的理由。只是大致說來，經濟狀況算不上富裕，所以從利害角度來看，與我建立特殊的關係對她們絕對有好無壞。

我又提高警戒了。可是我對這家女兒的強烈愛意並未稍減，縱使對她母親存有戒心，又能如何呢？我暗笑自己，有時也罵自己是傻子。假如矛盾僅只於此，我頂多是個傻子，還不至於感到痛苦。我苦惱的是，自己開始疑神小姐是否和夫人一樣懷有陰謀。一想到這一切恐怕是兩人私下聯手合謀的，我突然痛苦難當。那種感受豈止是不舒服，簡直是一籌莫展。儘管如此，我對小姐仍然深信不疑。這使我站在信念與猜疑之間，不得動彈。在我眼裡，這兩種情況同樣都是出自想像，卻也同樣都是事情的真相。

十六

我照常去學校上課，只是覺得教師講課的聲音，好像是從很遠的地方傳過來。研讀功課時也是這樣，映入眼裡的鉛字，還沒謹記在心就煙消雲散了。我愈來愈沉默，兩三位同學誤以為我迷上了冥想，還去告訴其他同學。我沒打算解釋。他們恰巧給我戴上這副假面具，正是求之不得。只是我的心情還是難以平復，偶爾會爆出脾氣來，嚇壞了他們。

我租下的這戶人家可能親戚不多，平常很少有人出入。有時小姐的同學來家裡玩，交談輕如蚊鳴，連有沒有人在房裡都難以分辨，稍聊一會兒就回去了。我自認心細，卻沒有發覺這是她們對我的客氣。至於來找我的，雖不是什麼粗聲粗氣的漢子，不過從來沒有一個會想到別打擾了房東的作息。這麼一來，形同我這個房客成了屋主，而真正的房東小姐反倒淪為寄宿的人了。

這只是我隨手拾掇的回憶，其實無關緊要。不過倒是發生了一樁事情引起我的警覺。一天，我忽然聽見男人的嗓音，而且如果不是從起居室，就是從小姐的房間傳來的。不同於我的來客，那人壓低了聲音，根本聽不清楚他們的交談。然而愈是聽不清楚，愈是刺激著我的神經。我坐在自己的房裡，焦慮莫名。我首先尋思，那人是她們的親戚，還是一般客人？接著又推敲他是年輕人還是長者？人坐房中，我自然得不出答案，可也總不能起身過去開門確認。我的神經不是微微的顫抖，而是受到天大的撼動，無異於凌遲。客人走後，我自然不忘詢問他的姓名。小姐和夫人的回答十分簡要，我當場面露不滿，卻苦於沒有勇氣，也沒有權利追問下去。我的自尊心是在重視個人品格的教育中培養而成的，眼下我竟拋開了自尊心，涎著臉向她們乞討一個回答。她們笑了。我一時難以辨識。那笑容究竟是出自善意而不帶譏諷？還是存心賣弄善意而在臉上擠出來的？這使我心神不寧。事情過後，我曾一遍遍捫心自問：她們在取笑我嗎？她們該是在取笑我吧？

我上無高堂，做任何決定都不須請示，想要輟學、到哪裡過什麼樣的日子，以及和誰結婚，統統可以自己決定。我好幾度下定決心，乾脆壯起膽子請夫人答應將小姐許配給我，只是每次都裹足不前，又把話吞了下去。我不是害怕被拒絕。就算遭到拒絕，雖然不曉得我的命運又會發生什麼樣的變化，不過我得以站在全然迥異的立場，放眼遠眺一大片新天地，所以還不至於提不起這股勇氣。真正令我厭惡的是受到誘騙，真正讓我氣憤的是遭到算計。我已經被叔父騙過一次，從此下定決心，往後無論如何，絕不能再上第二次當。

十七

夫人看我老是買書，勸我也添些衣裝。確實，我的衣服全是鄉下的粗棉布衣，那時候的學生沒人穿絲綢和服。我有個朋友，家裡好像在橫濱經商，日子過得相當闊氣。有一回，家裡給他寄來一件白緞襯襖，大家瞧見了都笑他。他覺得難為情，百般辯解，乾脆把上好的襯襖塞在行李底下不穿了。後來大家起鬨，圍攏過來非要他穿，沒想到那件襯襖上居然爬滿了蝨子。這位朋友心想天助我也，便把那件招人嘲諷的襯襖揉做一團，出門散步時帶去扔進根津那條大水溝裡了。當天我也陪他一同散步，就站在橋上笑著目睹他的舉動，一點也不覺得可惜。

算起來，我那時已是個成年人了，卻不懂得該為自己添購外出時的像樣衣服。我的想法不同於一般人，總覺得等到畢業以後蓄起鬍子的年紀，才需要為身上的裝束費心，所以告訴夫人我需要的是書籍而不是衣服。夫人很清楚我買下了多少書，便問我買來的書都讀過了嗎？我買回的書籍包括了字典，當然也有應該讀閱卻一頁也沒翻過的，頓時啞口無言。這下我才恍然明白，東西買回來若是擱著不用，就算是書籍，也沒比衣服好到哪裡去。況且我原本就想藉由感謝她們平日照料的名義，送小姐喜歡的腰帶或衣料作為贈禮，這下子恰可順水推舟，委請夫人幫忙安排了。

夫人沒說她一個人去就行，而是命令我必須同行，連小姐也非去不可。我們那一輩是在較今日更保守的環境中長大的，路上很少看到大學生與年輕女子相偕逛街。再加上我那時比現在還要守舊，因此猶豫了片刻，最終仍是鼓足勇氣出門了。

小姐經過盛裝打扮才出門。她在白皙的膚色上抹上厚厚一層白粉，愈發吸引人們的目光，路人無不為之側目，而且在盯瞧過她以後，必定再將視線移轉到我臉上，使我渾身不自在。

我們三人去了日本橋買回想要的物品。由於選購的時候三心兩意，意外耗去不少時間。夫人刻意喚我名字，詢問我的意見。她不時豎拿著布匹在小姐的肩胸處比劃，要我後退兩三步打量。於是我也端出行家口吻逐一評論，諸如這件不成、那件挺合適的云云。

就這樣花了很長的時間，等到可以打道回府時，已經該吃晚飯了。夫人說要請我用餐以答謝我今天作陪，帶我去一家位於窄巷裡的飯館，店號叫木原店，裡頭還附設了說書場。不僅巷弄逼仄，飯館也小巧。我對這一帶不熟，不由得對夫人的見多識廣相當欽佩。

我們入夜以後才回到家裡。隔天是星期日，我整天窩在自己的房間裡。星期一去學校，大清早就有個同學調侃我一番，故意問我什麼時候成親啦，又誇我的妻子是個國色天香的美人。看樣子，應該是我們三人去日本橋的那天，恰巧被他看見了。

十八

回到家後，我把這件事講給夫人和小姐聽。夫人笑了起來，看著我問道：「給你添麻煩了吧？」夫人說這話時流露的眼神，不禁使我尋思：男人就是這樣被女人吸引的嗎？假如我那時能夠直截了當講出自己的想法就好了，可是我心裡還有疑團未解，就算想講也只得把話吞回去，甚至故意岔開話題。

我用一種局外人的口吻，試探夫人對小姐的婚姻有什麼打算。夫人話講得明白，確實有兩三個對象來提過親，接著解釋小姐仍在上學，年紀還小，用不著操之過急。

不過，夫人沒有明講的是，小姐的姿色足堪成為擇偶的利器。夫人甚至透露，小姐想結婚隨時都可以，不愁沒有對象。另外還有一個原因是，夫人只有小姐這個獨生女，捨不得讓她出嫁。聽得出夫人話中的含意是，到底該讓女兒出閣還是招婿，她還拿不定主意。

我從和夫人的這番聊談間，掌握到種種訊息，但也因此陷入了錯失良機的窘境，終究無法開口表白自己的心意，只得草草結束這個話題，準備回到自己的房裡。

小姐一直坐在旁邊聽我們交談，起初還笑著嬌嗔我們太欺負人了，但隨著話題愈來愈深入，不知何時她已背對我們，躲去較遠的角落了。我正要站起轉身時，她的背影映入我的眼裡。單憑背影，不可能猜得到一個人心裡在想什麼。我壓根猜不出她對這個問題是怎麼想的。小姐坐在衣櫃前，櫃門敞開約莫一尺寬，她好像從裡面拿出什麼東西擱在膝上端詳。我在敞開的衣櫃裡瞥見了前天買下的衣料。我的和服與小姐的衣料一起疊放在櫃子一隅。

我沒有作聲，準備離座，夫人忽然以鄭重其事的語氣問我有什麼想法。這句話問得太突然，我一時毫無頭緒，不得不反問一句：是對什麼事情的想法呢？等我弄懂她的意思是該不該讓小姐早些出嫁，我回答慢慢來不急吧。夫人說她自己也是這個打算。

就在夫人、小姐和我之間形成這種狀態時，另一個男人突然闖了進來。那男人

我由著魔鬼經過眼前，卻只能束手無策佇立原處，渾然不覺
那一瞬間掠過的黑影，將把我終生困於黯淡無光之中。

私は手もなく、魔の通る前に立って、その瞬間の影に一生を薄暗くされて気が付かずにいたのと同じ事です。

成了這個家庭的一員，為我的命運帶來巨大的變化。倘若那男人沒有穿越我人生的道路，大概就沒必要寫下這封長信給你了。我由著魔鬼經過眼前，卻只能束手無策佇立原處，渾然不覺那一瞬間掠過的黑影，將把我終生困於黯淡無光之中。我坦承，是我自己把那男人帶進家裡。要這麼做，當然必須得到夫人的同意，所以我一開始就沒有任何隱瞞地說出一切，請求夫人的允許，但夫人卻勸我最好別這麼做。我非讓他搬進來不可的原因合情合理，而勸我作罷的夫人所提出的理由卻根本站不住腳。於是，我執意按照自認為正確的方式做了。

十九

那位朋友在這裡稱他為 K。我和 K 從小要好。單是提到從小這兩個字，應該不必多加說明了，意思是我們是同鄉。K 的父親是真宗派⑧的和尚，但他是次男而不是長男，所以過繼給醫生當養子。本願寺派⑨在我家鄉可謂勢力龐大，因此真宗的和尚要比其他僧侶享有較優渥的生活。舉個例子來說，如果和尚有個女兒到了適婚年齡，施主便會來說媒，讓她嫁進好人家，而且嫁妝和婚禮等支出統統不必由和尚自掏腰包。可以想見真宗寺大都金錢無虞。

K出生的家庭同樣過得不錯，但我不清楚他生父的財力能否負荷次男遠赴東京求學，也不曉得是不是為了讓他有更好的求學環境，才決定讓他去當養子。總之，K成為醫生家的養子是我們讀中學時候的事。至今我依然記得老師在教室點名時，我聽到K突然換了姓氏而十分驚訝。

K的養父同樣擁有豐厚的資產。就是這位養父提供學費讓K前往東京。我們沒有相偕離鄉，不過抵達東京後立刻住進相同的寄宿公寓。那個時代通常兩三個人合住一個房間，書桌並排，起居同室。K就和我同住一房。我們宛如從山裡被活逮來的兩隻動物，在獸籠裡縮抱成一團窺伺這個世界。我們同樣畏懼東京和東京人，但在那個六鋪席的房間裡卻又高談闊論人間世事。

不過，我們的心態是嚴肅的。我們真的想成為了不起的人，尤其K的志向更是堅定。他在寺院裡長大，常把「精進」一詞掛在嘴邊。在我看來，他的一舉一動全都可以用「精進」來形容。我總是打從心底裡敬畏他。

從中學時候起，K就常向我提出艱深的宗教或哲學問題，問得我瞠目結舌。我不知道這是來自他生父的感化，還是受到他的成長環境，亦即寺院這種建築特殊的

⑧淨土真宗，日本佛教的主要宗派，宗祖為親鸞上人（一一七三～一二六三）。又，日本僧侶可以結婚。
⑨淨土真宗十派之一，總寺院為京都的本願寺。

氛圍影響，總之，他看起來比一般和尚更具有和尚的性格。K的養父原本希望栽培他成為醫生，才送他來東京的，但倔強的他竟然抱著絕不當醫生的決心來到東京。我責備他如此一來不就等於欺騙養父母嗎？他竟面不改色地回答：沒錯，為了「道」，這點小事不算什麼！那時他口中的「道」究竟是什麼，他自己大概也不太懂，更別說我了。但是這個語意籠統的詞彙，卻在我們年輕的胸膛裡激盪出神聖的回聲。儘管不解其義，我們亦是懷著崇高的精神朝那個方向前進，在我們的熱情裡不可能找到任何卑劣的痕跡。我贊同K的理論。我不曉得我的贊同能給K帶來多少勇氣，只知道就算我極力反對，他仍會固執地按照自己的想法堅持到底。我當時雖然還小，但很清楚萬一出事，我這個聲援者還是得承擔部分責任。即便當時我沒有想得那麼深，但在成年之後不得不回首過去時，我也必須肩負起應有的相對責任。對此，我沒有異議。

二十

K和我進入同一個學科就讀。K面不改色地花用養父送來的錢，開始走向自己喜歡的道路。K比我鎮定，我只能憂心地看著他的坦蕩無懼與蠻橫撒賴——他篤定養父不會知情，就算被發現了也不在乎。

第一個暑假，K沒有返鄉，說是要在駒込的某座寺院裡借個房間用功。我回到東京已是九月上旬，看到他果真鎮日窩在大觀音⑩旁一座髒兮兮的寺院裡。他的房間緊挨著正殿，既小又窄，但他很高興能在那裡盡情研讀有興趣的書。我覺得他過的日子愈來愈像和尚了。我瞧見他手腕掛著一串念珠，問他做什麼用的，他以拇指逐一撥數給我看，整天就這麼數上一遍又一遍。我不懂這有什麼意義。兜著圓圈數算一粒粒珠子，根本沒個盡頭。當K停止撥珠的剎那，究竟是什麼樣的心情，又數到多少了呢？這雖是件無聊的小事，但我時常想起。

我在K的房間裡發現了《聖經》。記得以前常聽他提起一些佛經的書名，但不記得他曾問過、也沒印象我回答過關於基督教的問題，不免有些訝異，忍不住問他為什麼要看這個。K說不為什麼，如此可貴的書籍當然得讀一讀，還說如果有機會也想看《可蘭經》。他對「穆罕默德的劍」那個故事似乎很感興趣。

第二年夏天，K在家裡的催促下終於回去了。只是回去以後他對主修科目的事一概不提，家裡也沒人過問。你受過學校教育，對學校事務應該很熟悉，但一般人對學生生活和學校規定幾乎一無所知。我們認為稀鬆平常的事情，校外人士根本想

⑩駒込大觀音，位於東京淨土宗寺院的光源寺裡。淨土宗的宗祖為法然上人（一一三三～一二一二）。

都沒想過。況且我們只活在校園裡，不免成了井底之蛙，還以為學校裡的大事小事人人都清楚。在這方面，K比我深諳世事，因而得以一臉輕鬆地回來了。我們是一起去東京的，一上火車，我就問他還好嗎？他回答沒什麼事啊。

第三年夏天，亦即我決心永遠離開父母墳地的那一年，我勸K返鄉，他不肯。他說每年都回去有什麼意思。我看他又打算留下來讀書了，只好一個人離開了東京。我待在家鄉的那兩個月對我的命運掀起了多大的波瀾，前文已經寫過，這裡不再重複了。我帶著滿腔憤恨、憂鬱和孤單，隻身一人於九月和K重逢了。怎料他的命運竟也和我一樣變了調。他沒讓我知道，逕自寫了信寄回養父家坦承自己的這場騙局，還告訴我打從一開始他就準備這麼做了。K大概以為養父會說：既然已成事實，那就隨你想怎麼做就怎麼做吧。如此看來，他不想在上大學之後繼續欺瞞養父母，又或者他已經體認到誆騙終究不是長久之計。

二十一

看了K的信以後，養父暴跳如雷，立刻寄來一封信，嚴詞斥責這個欺瞞父母的不肖子，並且聲明不可能再寄生活費來了。K給我看了信，也給我看了差不多時間收到的生父來信。這封信同樣措詞嚴厲，並且出於對養父那邊的歉疚，生父載明往後同樣不會提供他任何資助。日後K究竟會回復原本的戶籍，還是答應妥協留在養父家，都還是其次的問題，眼下的燃眉之急是每月所需的生活費。

我問K對此有什麼打算，他說計畫去夜校教課。那個年代的工作機會比現在多，找個兼差並不像你想的那樣困難。我認為K應當有辦法養活自己，但畢竟我也有責任。當初K沒有遵循養父的期望，走上自己選擇的道路時，是我附議了。因此我不能袖手旁觀，當場建議提供實質的資助。結果K二話不說，立刻回絕。依他的個性，想必自食其力比活在朋友的保護之下來得逍遙自在。他說上大學還不能自立就不是男子漢。我不忍心為了負起責任而傷害K的情感，便縮手觀望，由著他去了。

沒過多久，K如願找到工作，只是不難想像這項工作將占去許多他向來珍惜的寶貴時間。他一如往常努力用功，並扛上新增加的負擔，勇敢前進。我擔心他的身體吃不消，但他個性好勝，只笑了笑，沒有理會我的勸告。

於此同時，他和養父之間的糾紛愈趨複雜。他忙得分身無暇，連像以前那樣和我交談的時間都沒有，所以我始終沒能聽到詳情，只曉得這事變得棘手。我知道有人嘗試居中調解，寫信催K返鄉解決，但K沒有答應，覆信告知不行。雖然K解釋不是他不回去，而是學期中無法離校，但看在對方眼裡根本只是倔強脾氣。如此一來，事態愈發不可收拾，他不但讓養父傷心，也惹生父大怒。等到我放心不下，寫信給雙方調解的時候已經太晚，幫不上忙了。我的信石沉大海，沒有收到任何回音。這下子我也生氣了。這段日子以來，我只是礙於人情而同情K，但此後我決定不問是非，永遠和K並肩作戰。

最後，K決定恢復原本的戶籍。早前由養父提供的生活費由生父賠償，不過往後生父不再提供任何金援，也不管他想怎麼做了。套句老話，也就是斷絕父子關係。或許還不到這麼嚴重，但是他本人認為是這樣。K的生母已經過世了，從他的部分性格可以看出他是由繼母帶大的。如果他的生母還活著，或許和生父不至於弄得這麼僵。K的生父雖是僧侶，但是一談到人情義理，作風更像個武士。

二十二

K的這場風波告一段落後，他姐夫寫了一封長信給我。K告訴過我，他養父和這位姐夫是親戚，所以從安排去當養子，乃至於恢復本籍，K都很尊重這位姐夫的意見。

信裡問到K現在是否安好，並提到K的姐姐很擔心，請我盡早回信。較之繼承寺院的哥哥，K更喜歡這位已經出嫁的姐姐。兩人是同母姐弟，不過姐姐的年紀比K大上許多，所以K小時候覺得這位姐姐比繼母還像親娘。

我把信拿給K看。他不置可否，只說姐姐已經寄給他兩三封信了，內容都一樣。K每一次都僅僅回覆不必擔心。遺憾的是，這位姐姐沒能嫁進有錢人家，所以縱然同情K，也沒辦法給弟弟實質的幫助。

我回信給K的姐夫，表達了和K相同的意思。另外，我特別強調，若有任何狀況都將竭力相助，請他們放心。這是我發自內心的想法，當然包括了希望K的姐姐不再擔憂其未來前途的美意，但也蘊含了對於K的生父和養父沒把我放在眼裡的反抗意味。

K是在一年級的時候恢復本籍，此後直到二年級的學期過半，前後約莫一年半的時間，他都是獨自維持生計。無奈過度的勞累逐漸影響到他的健康和精神，當然有部分因素來自於是否要結束養子關係的糾葛紛擾。他漸漸變得感傷，有時還說全世界的不幸彷彿都壓在他一個人的背上。若是告訴他別多想，他會非常激動。他變得焦躁不安，從他的眼裡，再也看不到憧憬未來的光采。一般人剛踏上學習之路時，無不懷抱遠大的理想，邁向嶄新的旅程。可是過了一兩年，畢業近在眼前，人們才赫然驚覺自己的步伐太慢，多半就在這時候開始對自己感到失望，K亦不例外。但是，他的焦慮卻遠比一般人嚴重，我不得不把當務之急放在穩定他的心情。

我勸他別做那些工作了，目前應該讓身體好好休息，透過玩樂來放鬆自己，這樣才有力氣迎接未來的挑戰。我早料到以K強硬的脾氣，大概不會輕易聽從我的勸告，沒想到提議之後，竟比預想中還要耗費脣舌，累得我筋疲力竭。K的論點是，做學問不是他的目的，他只是藉此鍛鍊意志，至於最終目標則是成為一個強者。由此，他得出的結論是必須盡量處於艱困的逆境。聽在一般人耳中，這套論調簡直是異想天開，更何況他非但沒有在逆境中強化意志，反而得了神經衰弱。我無計可施，只能假裝完全贊同他的觀點，而且告訴他，我也希望邁向同樣的目標（事實上我的話也有幾分真實性。K畢竟很有說服力，在聽完他的闡述之後，我也逐漸認同這套邏輯了）。最後，我提議兩人住在一起，同心協力，奮發向上。為了讓固執的他心軟，我甚至跪下來求他。費了好一番勁，總算把他帶到我的住處。

二十三

我的房間附帶一處四鋪席的小客室，從玄關進門後必須先穿過那裡，才能到我的房間，因此住在那裡其實非常不方便。我讓K住進了那個小客室。原本我的計畫是和他一起共用這兩個房間，將兩張桌子擺在八鋪席的那一邊。但是K說地方小也無所謂，還是一個人住方便，便挑了那間小客室。

前文已經提過，夫人起初不贊成我處理這事的方式。她說如果有心經營寄宿公寓，房客自是愈多愈有賺頭，但她無意做買賣，家裡還是盡量別讓閒雜人等進來。我回答不用擔心，這個人絕不會添麻煩的。夫人又說就算不添麻煩，還是不想讓來歷不明的人住進來。我反問，那麼現在我在這裡承蒙關照，一開始不也是來歷不明嗎？夫人辯稱見第一面她就明白我的稟性了。我無奈地笑了。於是夫人又換成對我講道理，改口說是為我好才阻止我帶人進來。我問她這對我會有什麼壞處，這回輪到她露出了苦笑。

說實在，我沒有必要非和 K 住在一起不可。只是覺得如果把每個月生活所需的現錢擺到他面前，以他的傲氣一定不願意接受。所以我把他安頓在同樣的住處，就可以暗中把兩人份的餐費交給夫人。不過，我並不打算讓夫人知悉他的經濟狀況。

我只聊了些 K 的健康情形，說要是再放任他一個人會變得更孤僻，順道也講了他和養父交惡，以及與生父斷絕往來等等遭遇。我告訴她們，我將 K 帶來照顧，就像抱著一個快要淹死的人，拚命以自己的體溫將他焐暖，希望夫人和小姐也能給予溫情的關照。就這樣，我漸漸說服了夫人。這些事我沒讓 K 知道，他對此毫無所悉。我認為自己打點得很周詳，深感滿意，若無其事地歡迎總算出現的 K 搬進來。

夫人和小姐親切地幫著他解開行囊、整理房間。我暗自竊喜，認為她們之所以這麼做全是為了我。至於接受照料的 K 本人仍是板著一張臭臉。

我問K搬到新地方感覺如何，他只說了句不壞。容我說一句，豈止是不壞。在此之前，他住的屋子朝北，充斥著濃濃的霉味，十分骯髒，供應的飯菜也和屋子一樣糟糕。如今搬來我這裡，甚至可以用「出自幽谷，遷於喬木」⑪來形容。他之所以沒有顯露在臉上，一來是個性倔強，再者是基於他的原則。他自小接受佛教教義的薰陶，總覺得在食衣住行上的奢華享受是不道德的。他曾瀏覽過一些古老的高僧和聖徒的傳記，動不動就將精神和肉體分開來談。說不定他甚至認為鞭打肉體有助於靈魂發光發亮。

我的方針是盡量順著他的心意去做，如同把冰塊拿到太陽底下讓它慢慢融化。我想，如果等到它融化成溫水，他自我覺醒的時刻也就到來了。

二十四

我低落的情緒就是經過夫人溫情的照料才得以逐漸好轉，所以這次想要應用在K身上。多年的友誼讓我明白K和我的性格完全不同。但是我在來到這個家庭以後變得圓融許多，相信K只要待在這裡，心情也會慢慢平靜下來。

K比我有毅力，也比我加倍用功，況且腦筋還比我聰明。雖然後來專長領域不同，無從比較，可是我們中學和高校同班的時候，K經常名列前茅，我做什麼都不及他。不過這次強迫他住進這裡，我很有把握自己比他更能分辨事情的輕重緩急。依我之見，他並不了解克制和忍耐之間的差異。這是特意寫給你看的，請仔細閱讀以下的講解。我們包括肉體和精神在內的一切機能，在接受外界的刺激之後，可能會促進強化，也可能遭到破壞，儘管有此風險，仍然必須逐步調高刺激的強度。假如沒有想清楚，就會朝著非常危險的方向前進，而且別說是自己，恐怕連旁人也渾然不覺。聽醫生說，人的胃囊是最懶惰的，如果一直喝粥，胃囊就會漸漸失去功能，無法消化比粥堅硬的食物。因此醫生提醒，平常必須養成嘗試各式各樣東西的習慣。我想，醫生並不是指這純粹是習慣問題，還包含隨著刺激遞增，從而強化營養機能的抵抗力的用意。只要反向去思考胃囊的功能逐漸衰弱時會產生什麼樣的後果，就可以立刻明白醫生的意思了。K雖然比我出色，卻完全沒有想到這個盲點，一心認定若是習慣待在艱困的環境之下，日子一久，這種困難也就不算一回事了。他深信只要不斷接受磨練，累積出韌性，終有一天再也不必害怕任何困難了。

我在說服K的時候，很想向他解釋清楚這一點，可是他一聽必定反駁，而且肯定搬出聖賢事蹟作為佐證。如此一來，我還得明確列舉那些聖賢和K的相異之處。

⑪語出《詩經・小雅・伐木》。比喻由困而亨，自卑而高。為賀人升職或遷居時的用語。

如果K聽得進去也就罷了，可是以他的脾氣，當與人爭論至此，絕對不肯輕易示弱，他的態度會變得更加強硬，並且講出口的話必定說到做到。一旦到了這個地步，他已成為一個令人畏懼又敬佩的男人，並且毫不止歇地自我毀滅。以結果而論，他讓人敬佩之處只在於親手搗毀了自己的成功而已。不過單是這樣，他已非泛泛之輩。我熟知他的脾氣，終究不敢再提供任何建議。況且如前所述，我覺得他的神經有些衰弱，如果我繼續試圖說服，必定會激怒他。我並不怕和他吵架，只是回想起自己曾經嘗過孤單的苦澀，實在不忍心讓摯友困在相同的境遇之中，更不願意進一步把他推入更孤單的深淵。所以，自從他搬進來以後，我暫時不用批評的論調對他說話，只是靜觀這個環境會如何改變他。

二十五

我暗中拜託夫人和小姐盡量和K交談。我相信長久以來沉默的生活，導致他成了今天這副模樣。如同閒置不用的鐵器會生鏽，他的內心已經布滿了鏽斑。

夫人笑了，說K不好相處。小姐還特地舉了例子給我聽。有一回，小姐問K火盆裡有沒有火，K回答沒有。小姐說幫他添炭，K拒絕說不要。她又問不冷嗎，他答說冷但不需要，話盡於此就不再回應了。聽完以後，我不好光是苦笑，還得說些話打個圓場。那時已是春天，其實不一定要烤火取暖，但那樣的反應也難怪夫人和小姐覺得K難以接近。

於是，我盡量主動拉攏她們兩人與K多多接觸。K和我交談時，就請她們過來一起聊，或者我和她們在一起時，順道把K叫過去。總之就是臨機應變，讓三個人熟悉起來。K自然不大喜歡我這麼做，有時候會忽然起身離開，有時候怎麼喚他都不肯出來。K問我，像那樣話家常有什麼意義？我只是笑而不答，心裡卻明白他看不起我。

從某種意義而言，或許他對我的鄙視其來有自。我並不否認，他的眼光比我高遠，然而空有遠見而沒有與之相符的本事，終究成不了大器。此時此刻最重要的是，我無論如何都必須讓他身上多一些人情味。我發現，縱使他滿腦子都是偉大的聖賢，可是他本身無法那般偉大，那麼一切都是枉然。我幫助他增添人情味的第一步驟是讓他坐在異性旁邊，讓他置身於不一樣的氣氛中，以更新體內滿是鏽斑的血液。

此一嘗試逐漸出現了成效。一開始看起來有些隔閡，慢慢地變得融洽多了。他漸漸發覺除了自己以外，還有另一個世界。有天他對我說，不應該藐視女人。K原本認為女人也必須和他一樣擁有知識與學問，當他在女人身上看不到那些，立刻對女人嗤之以鼻。他一直不懂得從不同的性別觀點看待事物，始終以同樣的眼光標準觀察男人和女人。我對他說，如果我們兩個永遠只用男人的觀點交談，我們的看法將永遠只是向前延伸而去的直線。他說這話很有道理。我那時對小姐十分仰慕，所以很自然地說了這樣的話，不過我沒有向他吐露藏在心裡的祕密。

長久以來，K將自己囚禁在書冊築起的城堡裡，如今看到他逐漸敞開心扉，我比誰都要欣喜。這就是我這麼做的目的，現在果然成功了，怎能不開心呢？不過，我沒有告訴K，只把這份喜悅和夫人與小姐分享，她們也覺得很欣慰。

二十六

我和K雖讀同一學科，但主修項目不同，出門和回家的時間也就不一樣。若我較早回來，直接穿過他的空房間即可；如果我較晚回來，隨口打聲招呼便走進自己的房間。當我推開隔扇時，K總是放下書本朝我看一眼，並且問一句「剛回來？」有時我沒答話只點個頭，有時會應上一聲「嗯」再走過去。

一天我去神田辦事，比平時晚了許多才到家。我快步走到家門前，喀啦一聲拉開了木格門，小姐的說話聲旋即傳入我的耳裡，而且可以肯定她是在K的房裡講話。這間屋子的格局是進了玄關後直走，依序會經過起居室和小姐的房間，接著往左轉就是K和我的房間。我在這裡已經住上一段日子了，因此誰在哪裡說話，一聽就曉得。我隨即關上木格門，小姐的聲音也跟著停了下來。我彎腰解開鞋帶的時候——那時我穿的是時髦但費事的高統靴——K的房間沒有發出任何聲響。我覺得奇怪，心想大概是聽錯了。可是當我和平常一樣打開K的房門想走去自己的房間時，卻看到兩人端坐在那裡。K照例說了句：「剛回來？」小姐同樣沒起身，只問候一聲：「您回來了。」我覺得小姐這句簡單的問候有些生硬，聽在耳中顯得不大自在，當然也可能是我想太多了。我問小姐夫人呢？這句問話沒有特殊的含意，只是覺得家裡比平時安靜了些，隨口問問罷了。

夫人果真不在家，女傭也陪同出門了，只有K和小姐在家。我不禁有些納悶，住在這裡這麼久了，夫人從不曾讓我和小姐單獨留在家裡。我問小姐是否出了什麼急事，她只是笑了笑，沒說話。我討厭這種笑而不答的女人，這或許是年輕女子的通病，小姐也常為了一點無足輕重的小事發笑。不過她一看到我臉色一沉，立刻收起笑意，誠懇解釋不是什麼急事，只是出門辦點事去了。我不過是個房客，無權過問太多，便不作聲了。

我換過衣服剛要落坐，夫人和女傭回來了。不多時，大家便圍坐桌邊共進晚飯。我一開始住進來，夫人以客相待，餐食都吩咐女傭送來房間，日子一久，逐漸改為請我過去她們那裡用餐。K剛搬來時我就強調一定要以同樣的方式對待他，並且特地送給夫人一張精巧的薄木板飯桌，桌腿可摺疊收攏。現在幾乎家家戶戶都用這種桌子了，但那時候幾乎沒有人家使用這種餐桌吃飯。那是我親自構思設計，並專程跑了一趟御茶水的家具店訂製的。

夫人在餐桌上解釋，那天魚販沒來，非得上街為我們買菜才行。我聽完才恍然大悟，家裡有房客，在餐膳上確實需要多加費心。小姐望著我思索的神情，再次笑了起來，但這回夫人訓了她一句，小姐立刻斂起了笑容。

二十七

約莫過了一星期，我再次穿過K和小姐正在聊談的房間。小姐一看見我便笑了。我本該立刻問她有什麼好笑的嗎，可我只悶不吭聲進了自己的房間，因此K也沒能像往常那樣說聲「剛回來？」而小姐也隨即打開拉門，回到起居室了。

吃晚飯的時候，小姐說我是個怪人。我同樣沒問她什麼地方奇怪，只留意到夫人朝小姐瞪了一眼。

飯後，我帶K去散步。兩人從傳通院的後方沿著植物園繞了一圈，然後走下富坂。這段路程不算短，但我們期間幾乎沒有交談。K的個性比我更沉默寡言，而我也不是個健談的人，但仍在散步時盡量找話聊，話題多半是現在寄宿的那家人身上。我很想知道他對夫人和小姐的看法，他的回答總是簡單扼要但是模稜兩可，讓人摸不著頭緒。聽起來，他不怎麼在意這兩位女士，而將全副精神擺在自己主修的項目上。第二學年的考試近在眼前，所以由一般人看來，他比我還像個用功的學生。他甚至侃侃暢談史威登堡⑫，才疏學淺的我不禁吃了一驚。

我們順利完成了考試，夫人為我們感到高興，並說你們明年就要畢業了。夫人唯一引以為傲的小姐同樣再過不久就要畢業了。K對我說，女人就是畢了業，也什麼都沒學到。他似乎根本沒把小姐課外學習的女紅、彈琴和插花等等才藝放在眼裡。我笑他太迂腐，並且舊話重提，告訴他女人的價值不在做學問上。他沒有極力反駁，但也不表示認同。我很高興看到他的這種反應。因為他哼了一聲的口氣，隱含的意義是他依然瞧不起女人，而且也不把我捧為天下女人代表的小姐當成一回事。現在回想起來，我從那時起已對K產生嫉妒心了。

我和K商量暑假找個地方散散心，但他的語氣好像不想去。以他的情況，當然沒有能力全然依循他的自由意志想去哪裡就去哪裡，不過只要我邀他同行，要到什

⑫伊曼紐・史威登堡（Emanuel Swedenborg，一六八八～一七七二），瑞典科學家、哲學家、神學家與神祕主義者，代表作為《天堂與地獄》。

麼地方都不成問題。我問他為什麼不想去，他說沒什麼理由，覺得在家裡看書比較自在。我提議找個避暑勝地，在涼爽的地方讀書有助於身心健康，他說那麼你一個人去就好。但是我不希望讓Ｋ獨自留下來，看到他和這家人逐漸親近起來，心裡不大愉快。如果要問，事情既已按照我最初的希望達成目標，為什麼心裡會不大愉快呢？我只能說自己根本是個傻瓜。夫人實在看不過我們兩人爭持不下，出面調解。最後，我們決定一起去房州。

二十八

Ｋ很少出門旅行，我也是第一次造訪房州，兩個人糊里糊塗在船下錨的第一站就上了岸。那地方好像叫保田，不曉得現在有了什麼變化，當時是個非常荒涼的漁村。魚腥味衝鼻而來，一下水就被浪頭撲倒，手腳割劃受傷，水裡全是拳頭大的石塊隨著一波波海浪到處翻滾。

我一下子就厭惡這地方了，Ｋ則沒說什麼，至少看起來並不討厭。可是他每次下水總要受傷，我好不容易說服他，離開這裡前往富浦，再從富浦轉往那古。從那時候起，這條海岸就是學生喜歡去玩的地方，分布著不少適合學生戲水的海水浴場。

K和我時常坐在岸邊的岩石上，眺望遠海的水色和近處的海底。從岩石往下俯瞰，海水顯得格外美麗。我們指著好些一般市場上難得一見的紅色和藍色小魚，鮮豔的色彩在澄澈的水裡游來游去。

我經常坐在這裡展讀書冊，K多半什麼也不做，默默地坐著。我完全猜不透他是在沉思、陶醉在美景之中，抑或讓想像恣意馳騁。有時我抬起眼來問他在做什麼，他只回我一句什麼也沒做。我常幻想著，此刻靜坐在身邊的人假如不是K而是小姐，該有多麼美好。只是這樣想想也就罷了，有時我念頭一轉，懷疑K坐在岩石上，是不是也和我擁有同樣的期盼呢？這麼一想，再也無法平心靜氣地讀書，我霍然起身，肆無忌憚地放聲吶喊。這種時候哪裡還能詩興大發地背誦那些詩詞歌賦，簡直和野蠻人一樣大吼大叫。有一回我甚至猛然揪住K的後頸問他，就這樣把他推下海如何？K一動不動，仍舊背對我，冷冷地回了句：「很好，推吧。」我隨即鬆開手。

K的神經衰弱這時候似乎好多了，反而是我變得愈來愈敏感。看到K比我還平靜，我羨慕又憤恨。他一副不願搭理我的態度，我認為那無異於一種自信。但就算在他身上看到自信，我也不會甘心。我的疑慮又加深了一層，非得找出真相不可。難道是他再次找回了自己在學業上或事業上應該邁向的光明前途嗎？若是這樣，非但不會和我發生任何利害衝突，我更為自己這段日子以來的照顧總算有了起色而感到欣慰。可是，如果他平靜的心情是來自於對小姐的情感，那我絕不能原諒他。奇怪的是，他似乎絲毫沒發現我愛上了小姐。當然我也沒特意做出引起他注意的舉動。K對這種事情向來遲鈍，我也是因為這方面信得過他，才會帶他到這個住處。

二十九

我打算乾脆向K坦承自己的心事。這個想法不是從那時候才萌生的，早在這趟旅行之前，我已經下了決定，只是我不懂得該如何找到適當的機會，也不曉得如何製造這樣的機會。現在想想，那時我身邊的人都很奇特，沒有任何一個有興趣談論女人。多數是不知道該談些什麼，即使聊起這類話題也不願發表意見。你們今日呼吸的空氣比當年的我們自由，一定無法理解那種情況。至於那究竟是基於道學的遺風，還是由於難為情，就交給你去判斷了。

K與我無話不談，偶爾也聊一聊愛情，但總是流於抽象理論，平常鮮少提起這一類話題。我們大多談論書籍、學問、未來的事業、各自的抱負和修養等等，僅在這種嚴肅的議題上推誠相待。我想把小姐的事告訴他卻難以啟齒，自己不曉得為此有多麼氣惱。我恨不得往K的頭殼上鑿個洞，往裡頭灌進溫柔的空氣，才好軟化他那顆石頭腦袋。

今日你覺得可笑至極的事，那時對我來說卻比登天還難。即便出門旅行了，我仍然和在家裡一樣膽怯。我一直暗中觀察 K，可是望似清高的他完全不給我任何開口的機會。他的心臟彷彿塗裹上一層厚厚的黑漆，我使勁想往裡面注入血液，卻連一滴也沒能滲進去，全部噴了回來。

有時候 K 清高超然的神情，反而讓我放下心來，暗暗懊悔自己多疑，也在心裡向 K 道歉。我心懷愧疚地覺得自己相當卑鄙，情緒頓時低落，但不多久，那股疑慮又倏然捲土重來，迅猛地給我一擊。這一切推論全都是建構於猜忌之上，所以我樣樣屈居下風。論相貌，K 比較受女人青睞；論性格，也不如我這般氣量狹小，而這些都是異性所喜歡的。就連他不拘小節且具男子氣概的模樣，也比我占有優勢。至於學習成績，雖然我們專長領域不同，但我自知遠遠在他之後。總之，當 K 的優點一項項在眼前羅列開來，我原本那顆放下的心，立刻又變得焦慮不安。

K 見我心煩意亂，便說不想待在這裡就回東京吧。聽他這麼一說，我又不想回去了。或許我其實是不想讓 K 回東京。我們繞過房州的頂端，繼續往另一側旅行。兩人頂著當空烈日，忍受著炙熱，向當地人打聽路，說是就在前面不遠，走起來卻怎麼也到不了。我語帶自嘲地對 K 說，簡直不明白這樣走下去有什麼意義。K 回答，人身上長腳，就是用來走路的。一路上難抵暑氣時，兩人便相偕下水，也不管是什麼地方，一說下水就衝進海裡，上岸後繼續忍耐毒辣的曝曬，把自己弄得筋疲力盡。

他的心臟彷彿塗裹上一層厚厚的黑漆，我使勁想往裡面注入血液，卻連一滴也沒能滲進去，全部噴了回來。

私にいわせると、彼の心臓の周囲は黒い漆で重く塗り固められたのも同然でした。私の注ぎ懸けようとする血潮は、一滴もその心臓の中へは入らないで、悉く弾き返されてしまうのです。

三十

我們就這樣不停地走，既熱又累，健康狀況也就不太正常。不過那和生病不一樣，很像是自己的靈魂附到別人的身體上似的。我仍像平常那樣和K說話，但是感覺卻和過去完全不同了。我對他的友誼和恨意，在旅途中都變成了另一種情緒。也就是說，在酷熱、大海和步行的作用之下，我們進入了一種不同與以往的關係。兩人如同結伴做買賣的行商，即使聊得再多，也不談往常那些艱深的問題。

我們就這樣走到了銚子。途中有件意外的插曲，我至今難以忘懷。在還沒離開房州之前，我們在一個叫小湊的地方參觀了鯛浦。由於那是多年前的事，而且我也沒有太大的興趣，細節記不大清楚，總之，據說那裡是日蓮[13]誕生的村子。相傳日蓮誕生的那天，有兩尾鯛魚被沖上岸來，此後村裡的漁夫不敢再捕鯛魚，所以這處海灣的鯛魚特別多。我們特意雇了一艘小船出海賞鯛。

那時我聚精會神凝視著海面，看到泛著紫色的鯛魚在水裡悠游，令人百看不厭。但是K的興致不高，比起鯛魚，盤據在他腦海裡的是日蓮。恰巧不遠處有一座寺院名為誕生寺，莊嚴宏偉，名稱的由來大抵源自於日蓮在此地誕生的典故。K提議去寺院拜訪住持。說實在的，我們的裝束太邋遢了。尤其是K，他原先那頂帽子被風刮到海裡，現在戴的是後來買的草帽。兩人身上的衣服不但滿是汗垢，還發出濃濃的汗酸味。我勸他別去拜會住持，他脾氣倔強，說什麼都非去不可，並說我不想去可以在外邊等著。我迫於無奈，只得隨他一起踏進寺院，心想一定會被拒於門外，怎知和尚非常客氣，領著我們進了氣派的大客廳，住持立刻出來接見。那時我的想法跟K差異甚大，無心聆聽他與住持的談話。印象中他不停探問日蓮的事蹟，當住持提及日蓮的草書揮毫精湛，甚至擁有草日蓮的美譽時，字跡拙劣的K曾露出不屑的表情。我知道他希望對日蓮有更深入的了解，恐怕這位住持無法提供他滿意的答覆。不過一出寺院，他仍口若懸河地談起了日蓮。我熱得有氣無力，哪裡還有心思聽他講這些，便隨口敷衍幾句，到後來連敷衍都懶了，索性閉上嘴巴不答腔。

記得應該是隔天晚上的事，我們回到旅舍，吃過飯後準備睡覺前，兩人就一個深奧的問題起了爭辯。K覺得昨天跟我談日蓮時我沒有理他，他很不高興，認為我十分膚淺，並且批評我不努力提升自己的精神層次，無異於蠢才。我因為小姐的事，心裡已經頗有芥蒂，這下子更無法對這近乎汙辱的話一笑置之。於是，我開始挺身為自己辯護。

⑬日蓮上人（一二二二～一二八二），日本鎌倉時代的佛僧，日蓮宗（法華宗）的宗祖。

三十一

那段時期，我經常提到人情味這個字眼。K指責我把自己所有的弱點，全部藏匿在人情味這個詞彙裡。事後想來，K說的確實沒錯。不過我當時使用人情味這個字眼，為的是逼K承認自己沒有人情味，出發點本就帶有挑釁的意味，哪裡還懂得反省，因此仍然堅持我的說法沒錯。結果K問我，他到底哪裡缺乏人情味？我告訴他：「你很有人情味的，甚至太有人情味了！可是從你嘴裡說出來的每一句話都沒有人情味，還有你的每一個舉動也都欠缺人情味！」

他沒有駁斥我的話，只說都怪自己修養不夠，以致於看在別人眼中是那副樣子。這讓我覺得頓時洩了氣，或者說可憐他，便立刻停止繼續爭執。他神情黯然，語氣低沉地告訴我，假如我和他一樣研讀過那些古人，就不會這樣攻擊他了。K所說的古人既不是英雄也不是豪傑，而是那些為了昇華靈魂而虐待肉體、為了求得道行而鞭笞軀體的苦行者。他明明白白對我說，我不了解他正為此承受著多麼大的痛苦，實在太遺憾了。

我們講到這裡便入睡了。第二天，K和我又恢復了行商的常見樣貌，大汗淋漓地邁著步伐。一路上我不時想起那一晚的事，萬分懊悔為何沒有好好把握，白白放過這天賜良機呢？我為何不對他打開天窗說亮話，而要用人情味那種抽象的語言呢？事實上，之所以創造出那樣的字詞，完全是出自於我對小姐的情感。我認為與其附在K的耳邊訴說將事實蒸餾之後提煉出來的理論，不如把赤裸裸的原貌直接在他眼前攤展開來，對我比較有利。在此必須坦承，我無法辦到的原因是，K與我的友誼乃是構築於交換學問心得之上，其本身就有一種惰性，無奈我缺乏的正是突破它的勇氣。說我矯揉造作也好，虛榮作崇也罷，都是同一回事。不過我說的矯揉造作和虛榮，與一般的定義略有不同。只要你能夠明白這一點，我就心滿意足了。

我們回到東京時簡直成了黑炭。回來以後我的心情又不一樣了，什麼人情味不人情味的歪理，已經從腦中消失無影。K的臉上也不再出現儼然宗教家的神情，什麼靈魂還是肉體的問題，應該也從心裡翩然而去了。我們兩人像是外來人種，站在繁忙的東京裡新奇地左顧右盼。我們隨後去到兩國⑭，在大熱天裡吃了鬥雞。K活力充沛地說就這樣走回小石川吧。我的體力本來就比K好，便一口答應下來。

到家的時候，夫人見我們成了這副模樣，嚇了一大跳。兩個人不僅曬得黝黑，更在長途跋涉下變得瘠瘦如柴。夫人卻稱讚我們看起來更結實了。小姐笑夫人沒說真話。這趟旅行之前，我常為小姐發笑而生悶氣，唯獨這一刻覺得格外開心。大概是情況不同，還有聽到小姐久違的笑聲這兩個緣故吧。

⑭位於日本東京都墨田區的地名。

三十二

不單如此，我還發覺小姐的神情和以前不大一樣。這趟旅程我們離家多日，大小事務都需要女人幫忙打理才有辦法回復日常起居。且不提夫人的照料，小姐似乎一切以我為優先，把K擺在其次。倘若她表現得太露骨，也許會讓我為難，甚至令人不悅，但是小姐做得恰到好處，使我相當高興。也就是說，小姐分給我比較多的體貼關懷，藉此暗示我。K也沒有察覺異樣而顯得不開心。我在心裡悄悄奏起凱歌。

不久，夏天過去，九月中旬起我們又得去學校上課了。我和K課表不同，出門和回來的時間又不一樣了。每週有三天我比K晚歸，但不管我什麼時候到家，從不曾在K的房裡看過小姐的身影。K照例抬起眼來對我說那句老詞「剛回來？」我的點頭示意也幾乎和機械一樣簡單而無意義。

記得十月中旬的一天，我睡遲了，沒換下家居和服就急著往學校跑。由於沒時間繫高統靴的鞋帶，趿上草鞋便飛奔出門。按照課表，那天應該是我比K先回來。一到家，我如常喀啦一聲推開了木格門，沒料到竟聽見原以為還沒到家的K的說話聲，以及小姐的笑聲。我沒穿平時那雙費事的鞋子，所以隨即進了屋裡打開隔扇。映入眼簾的是和平常一樣坐在桌前的K，但是小姐已經不在房裡了，只隱約瞥見她剛從K的房間逃也似的背影。我問K怎麼這麼早到家？他說身體不大舒服，沒去上課。我走進自己的房間坐了下來，不多久小姐送茶過來，這時候她才問候我「您回來了」。我不夠通情達理，沒辦法面帶笑容地問她方才怎麼跑掉啦，只會將這件事情擱在心裡介意。小姐放下茶就起身，沿著走廊去對面的房間。途中她停在K的房前交談了兩三句，像是剛才沒講完的話。我沒和他們一起聊，也聽不出個所以然。

日子一久，小姐愈來愈不在意了。即使我和K都在家的時候，她也常來到K的房門口，站在走廊上喚他，接著進房裡待上好一段時間。當然有時是拿來郵件，有時是送回洗好的衣物。既是同住一個屋簷下，總免不了有這樣的接觸，只是我渴望獨占小姐的想法非常強烈，對這些接觸實在無法等閒視之。某些時候我甚至覺得小姐故意躲我，不到我房裡來，老是去K那邊。也許你會問，那麼為什麼不請K搬出去呢？如果那樣做，就失去我強迫K搬進來的原意了。我辦不到。

三十三

十一月一個下著冷雨的日子，我的外套被淋得濕透，一如往常穿過蒟蒻閻王⑮，

⑮圓覺寺的俗稱，位於日本東京都文京區小石川的淨土宗寺院。該寺院供奉閻王，信徒多半奉上蒟蒻作為供品，因而得名。

爬上狹窄的坡道回到家裡。K的房裡沒有人，但火盆卻燃著新添的柴火，熱烘烘的。我也想趕緊在燒紅的炭火上焐烤凍冷的雙手，急忙打開自己的房門，卻見我的火盆裡只剩一堆冰冷的白灰，連火種都熄了。我的心情立刻沉了下來。

這時候，聽到我的腳步聲，夫人走了過來。她見我默然站在房中央，心有不忍，便幫我脫下外套，換上家居和服。聽見我喊冷，她趕緊從隔壁把K的火盆搬過來。我問K已經回來了嗎？夫人說回來又出去了。那天按理是K比我晚歸的日子，我心裡覺得有些奇怪。夫人說大概出門辦事了吧。

我坐下來看書。好半晌，家裡靜謐無聲，聽不到任何人說話。我只覺得初冬的寒冷和孤寂就要滲入我的體內了。我旋即闔上書本站起來，忽然想去熱鬧的地方。雨勢方歇，冷冽的陰空猶如一大片厚重的鉛塊。我扛著油紙傘以防再下雨，沿著炮兵工廠後方的土牆走下東坡。那時候還沒有修整道路，坡度比現在陡得多，路面狹窄，也沒那麼筆直。而且到了坡底，南邊有高樓擋住，排水不順，使得路面處處泥濘。尤其是過了那條細窄的石橋往柳町的路上，更是寸步難行，即便穿了高齒木屐或長統靴也無法健步如飛。路面的爛泥被人們踏出一條小徑，誰都得小心謹慎地走在上面。這條小徑寬僅一、二尺，猶如鋪在路中間的和服腰帶，來往行人為了踩在小徑上走，只得排成一列慢慢前進。就在這條小徑上，我和K不期而遇。我只顧留神腳下，直到面面相覷了才看見他。那時我走著走著，忽然覺得眼前被人擋住了，不經意抬眼一瞧，赫然發現K就站在面前。我問他上哪裡去了，他只說出去辦個事，回答的口吻還是一樣冷淡。我們在這條小徑錯身而過，緊接著，我瞅見他身後站著一個年輕女子。我有近視眼，方才沒能看清楚，等到K走過去以後才看到那個女子的面孔，居然是家裡的小姐！我有些訝異，面頰微紅的小姐與我打了招呼。那個年代女人的髮式是將長髮梳攏如蛇狀盤在頭頂，而不是時下慣見的在額前挽成蓬鬆的雲髻。我愣怔地望著小姐的頭，下一秒才驚覺其中一方必須讓路，乾脆將一隻腳踩進泥裡，騰出位置方便小姐行走，讓她過去了。

之後我來到柳町的大街，卻不知道該去哪裡才好，覺得去哪裡都提不起興致。我自暴自棄地用力在泥地上踏著大步前進，也不管濺了一身泥，就這麼一路走回家。

三十四

我問K是否和小姐一起出門，K說不是，兩人是恰巧在真砂町遇見，順道結伴回來的。既然K已做解釋，我也不便繼續深問。吃飯的時候，我向小姐提出同樣的問題，她又露出我向來厭惡的那種笑容，要我猜一猜她上哪裡去了。那時我是個暴躁的急性子，一見年輕女子這樣嘻皮笑臉的，立刻動怒了。飯桌上唯一察覺到我生氣的只有夫人，K仍是泰然自若，至於小姐，我實在無從分辨她的表現是刻意而為，還是出於天真。在年輕女子當中，小姐堪稱心思細膩，但她身上還是有我所厭惡的年輕女子通病。而且自從K來到這裡以後，我才發現小姐也有這種毛病。我不曉得到底該將這情況歸咎為我對K的嫉妒，還是視為小姐對我的欲擒故縱。時至今日，我依然不否認自己當時的妒火中燒。如同我多次提到的，因為我很清楚地意識到，這種情緒正是愛情的相反面向，即便是旁人覺得微不足道的小事，也會強烈地激發出這種情緒。說句題外話，這樣的嫉妒不正是愛情另一種表現嗎？我結婚之後，可以感覺到這種情緒淡了下來，相對地，愛情也遠遠不如過去那般熾烈了。

我開始思考是否要將自己這份裹足不前的情感，勇敢地向對方坦白。我所謂的對方不是小姐，而是夫人。我想過，索性直截了當地請夫人把小姐嫁給我。儘管下了決心，我仍是一天拖過一天，遲遲沒有執行。如此看來，我真是個優柔寡斷的男人。我不在乎別人有這種看法。其實，我之所以遲遲無法坦白說出，不是因為欠缺意志力。在K沒搬進來之前，深怕再次受騙的恐懼壓得我不敢動彈，等K搬進來以後，小姐是否對K傾心的疑慮又始終束縛著我。我做了決定，萬一小姐落花有意的是K而不是我，我的心意也就不值一提了。我不是擔心自己飽受出糗的煎熬，而是不想與郎有情但妹意向他方的女人在一起。世上有一種人，不顧對方的意願強娶自己中意的女人，還為此沾沾自喜。以我當時的認知，這種滑頭男人遠比我們來得狡詐，也可以說是根本不懂得愛情真諦的蠢貨。我為愛狂熱，無法接受只要娶進門就諸事太平的哲理。換言之，我既是追求崇高愛情的理論者，也是最講究拐彎抹角的愛情的實踐者。

至於我心儀的小姐，在長久住在一起的日子當中，雖有不少機會可以直接向她表白，但我都刻意視而不見。那時候我很堅持，這種做法違背日本人傳統的禮俗。不過，那絕不是限制我不敢表白的唯一理由。依我之見，日本人，尤其是年輕的日本女子遇到這種情況，都沒有勇氣不顧對方的感受而逕自表明心跡。

三十五

這些因素使我佇立原地，哪裡都去不成。好比身體不舒服的時候睡午覺，醒來睜開眼睛時雖然看得清楚周圍的東西，但手腳卻沒有辦法動彈。我時常暗自承受著這種別人不知道的痛苦。

不久，歲暮春來。有一天，夫人要K找幾個朋友來家裡玩和歌紙牌。K隨即回答，自己一個朋友也沒有，夫人相當訝異。確實，K連一個朋友也沒有。在街上遇見時互相問候的朋友是有幾個，不過彼此的交情絕沒有熟到在一塊玩和歌紙牌。夫人接著讓我把認識的人找來，無奈我也沒有心情玩那麼熱鬧的遊戲，只隨口敷衍一聲便罷。怎料到了晚上，K和我還是被小姐拉出房間一起玩。最終還是沒請其他客人來，就是家裡幾個人湊一塊，顯得格外安靜。再加上K不熟悉這種遊戲，幾乎只待在一旁看我們玩。我問他到底知不知道《百人一首》[16]的和歌，他說不大清楚。小姐聽了我們的交談，大概以為我看不起K，接下來的遊戲很明顯助K一臂之力，後來兩個人幾乎結為搭檔，聯合對抗我一個。萬一他們得意忘形，說不定我會和他們發生衝突。所幸K的表情始終如一，沒有露出絲毫囂張的態度，這場遊戲才得以圓滿結束。

又過了兩三天，夫人和小姐一早就出門，說是去市谷的親戚家了。那時K和我還沒有開學，便留下來看家。我沒心思讀書，也不願出去散步，兩肘支在火盆邊，茫然地托著腮幫子想事情。隔壁房間的K同樣悶聲不響，整間屋子靜得彼此都不曉得是否在家。這種情況於我們是常有的事，沒什麼稀奇，因此我並未在意。

十時許，K忽然打開兩房之間的隔扇與我四目交望，站在門檻上問我在想什麼。我原本就沒特別思考什麼，即便腦子裡有事，大抵和平常一樣在思索小姐的問題吧。想到小姐便會聯想到夫人，而近來K也在我腦海裡盤旋不去，使得這個問題愈趨複雜。我和他面面相覷，儘管這段日子以來隱約覺得他是顆絆腳石，但總不能指名道姓明講出來。我照舊無言地望著他的臉，他邁開大步走過來往我的火盆前一坐，我連忙收回杵在火盆上的手肘，並把火盆往 K 那邊挪了挪。

K 開口說話，問起不尋常的話題。他問夫人和小姐到市谷什麼地方去了，我說大概是姨母家。他再問那位姨母家裡的情形，我告訴他同樣是軍眷。然後他又問，女人家多半過了正月十五才出門拜年，怎麼這麼早就去了？我只能回答他，我也不曉得為什麼。

三十六

K 頻頻詢問夫人和小姐的事，最後還問及我無從答起的隱私。我沒嫌麻煩，只是覺得納悶，因為以前與 K 聊起她們的事時，他臉上的神情和現在顯然全然迥異。我終於忍不住問他今天怎麼老是問這些呢？他忽然不講話了，但我注意到他緊閉的雙唇微微發顫。向來沉默寡言的他有個習癖，欲言又止的時候嘴唇總會不由自主地翕動，彷彿唇瓣故意抗拒他的意志，堅決不肯張開，而口中則禁錮著沉重的話語。相對的，一旦掙脫這牢籠衝奔而出，他的話聲比一般人更為鏗鏘有力。

⑯彙集百位和歌歌人每人各一首佳作的和歌集。此處的紙牌遊戲即是以這些和歌印製而成。

我盯視著他的嘴角，驀然感覺他又要開口了，卻完全無法預知他將要說出什麼令我驚恐的話。不妨想像一下，當他猶疑良久才吐露對小姐的相思之情，我是什麼樣的反應。我宛如被他手中的魔杖一揮，霎時變成了化石，連動動嘴巴都辦不到。

那一刻，我變成恐懼的團塊，或者說痛苦的團塊，總之從頭到腳瞬間僵化，猶如石頭或鐵塊那樣硬邦邦的，硬得連呼吸都沒有辦法。幸虧這種狀態並沒有持續太久，旋即恢復過來了。然而下一秒我暗叫一聲糟，竟被他搶先了。

我完全不曉得該怎麼辦，大概已經無心思索了。我忍著不動，任由腋下滲出難聞的汗水濕透了襯衫。K好不容易再次啟齒，結結巴巴地坦白自己的心事。我痛苦難耐。我想，那份痛楚已在我的面龐貼上清晰的大字，猶如一張巨幅廣告，縱使遲鈍如K也絕不會沒看到。只是他同樣全神貫注在自己身上，根本沒有餘力留意我的表情。自始至終，他都以平鋪直敘的語調娓娓告白，嚴肅而呆板，卻讓我感受到一股不可撼動的堅決。我一心二用，一半心思用來傾聽他的告白，另一半則心亂如麻不知如何是好。他陳述的細節我一句也沒有聽進去，唯獨那平板的聲音在我的胸口猛烈迴盪。因此我不但感受到剛才提及的痛楚，甚至還遭到某種恐懼的襲擊。也就是說，對方比自己強大的可怕想法，在我心裡開始萌芽。

等到K告一段落，我不知道該說什麼。我緘默無語，不是在思考應該採取什麼策略，比方自己也要當面向他坦白心事才好嗎？還是按兵不動方為上策呢？我只是一句話也說不出口，而且也不打算說。

午飯的時候，K與我隔桌對坐，女傭在一旁伺候飯菜。我囫圇吞下這輩子最難吃的餐膳。兩人用餐時幾乎沒有交談。不曉得夫人和小姐什麼時候才能回來。

三十七

兩人回到各自的房裡，沒再碰面。K和上午一樣靜悄悄的，我也陷入了沉思。

我認為當然應該向K坦承自己的心思，又覺得已經錯失時機。方才沒有打斷他的話來個反擊，顯然是非常嚴重的失誤。至少該在K講完以後，緊接著表明自己的心意，也許還算亡羊補牢。現在K已經全部說完了，這時候我再去做同樣的告白，怎麼想都不妥當。我不知道該怎麼扭轉這種尷尬的局勢，只能抱頭懊悔不已。

多希望K能夠再次推開兩房之間的隔扇走進來。對我而言，他早前的那個舉動無疑是偷襲，我根本無力招架。這回我已經備足了彈藥，誓言要奪回上午失去的一切，不時抬眼盯著隔扇看。無奈那面隔扇始終沒有動靜，而且K那邊也闃無聲息。

漸漸地，這片寂靜攪亂了我的腦海。單是想到K在隔扇那邊正在思考什麼，我更是心煩氣躁。平時我們總是像這樣，不發一語地分別待在隔扇的兩邊，而且K那邊愈是安靜，愈常讓我忘記他的存在。如今他的安靜卻讓我急得要發狂，但又不能主動去打開隔扇。剛才錯過了坦承的時機，現在唯有等待對方再給我一次機會。

到最後我實在按捺不住，再等下去，難保會直接闖進K的房間。我束手無策，只好起身由走廊繞進起居室，隨手從鐵壺倒出一杯熱水灌下肚子，然後走出家門。我宛如為了躲開K的房間而來到大街上。我沒有目的地，只是因為坐立難安才出門，所以去哪裡都無所謂，就這樣在洋溢著年節氣氛的街頭四處徘徊。可是我走得再遠，腦袋裡還是被K的事塞得滿滿的。我離開家門本就不是為了把K從腦中甩開，而是想利用在外面兜轉的這段時間，仔細推敲他的舉動。

且不說別的，他實在令人費解。我不懂他為什麼會突然向我坦白這種事，也不懂他對小姐的愛意是否已經強烈到非告訴我不可，更不懂昔日的那個他究竟到哪裡去了。我明白他的執著，也曉得他是認真的。我相信在決定今後該對他採取何種態度之前，還有很多問題必須找他釐清。從這一刻起，面對他將是一種令人厭惡的事。我茫然自失地走在街頭，眼前總是浮現K端坐於自己房室的模樣。而且我走了那麼久，一直有個聲音在耳畔低聲告訴我：你又奈他何？我簡直把他當成妖魔了。我甚至覺得自己恐怕會一輩子受到他的詛咒。

我走累了。回到家時，他的房間依然靜得像是沒人在裡面。

三十八

我才踏進家門，就聽到人力車的聲響。那時候還沒有現在這種橡膠輪子，大老遠就傳來咣啷咣啷的刺耳噪音。不一會兒，車子便在門前停了下來。

約莫半小時以後，我被喚出房間吃晚飯。夫人和小姐在隔壁房間慌忙脫下的外出服扔得一地都是，映得滿室五彩繽紛。她們擔心晚飯遲了過意不去，匆匆趕回來為我們張羅餐膳。可惜夫人的這番好意沒能對K和我發揮作用。我坐在飯桌旁，彷彿堅持沉默是金，回話相當冷淡，而K的話甚至比我少。這對母女平時難得出門，因此較平時來得雀躍，相形之下，我們的態度更不尋常了。夫人問我怎麼了，我說身體不大舒服，而我確實狀況欠佳。接著換小姐問K同樣的問題。K沒有和我一樣回答身體不舒服，只說他不想講話。小姐繼續追問為什麼不想講話？我立刻睜開沉重的眼皮盯著K看，好奇他會怎麼回答。他果然嘴脣微微發顫。看在不明白的人眼裡，只以為他不曉得該如何回答。小姐笑了起來，說他又在思考那些高深的事情了。K的面龐稍稍漲紅了。

那一晚我比平常早一些就寢。夫人掛意我身體不舒服，十點左右端來一碗蕎麥湯。那時我的房間已是漆黑一片。夫人略顯驚訝地輕呼：「咦，睡了……」悄悄將隔扇推開一道縫隙。油燈的微弱光線從K的桌上斜斜灑入我的房間。K好像還沒睡。

夫人在我的枕畔坐下，說我大概是染上風寒了，喝點熱湯暖暖身子吧，並把碗湊到我的臉旁。我只好在夫人的注視下，喝下黏糊糊的蕎麥湯。

我在黑暗中思索到深夜。腦中翻來覆去只有一個問題，無計可施。我突然想知道K在隔壁房裡做什麼，不自覺地喚了一聲「喂」，結果那邊也傳來一聲「喂」。K還醒著。我又在隔扇這邊問：「還沒睡？」他只回一句：「要睡了」。我接著問：「在做什麼？」這次K沒有回答。過了五、六分鐘，清晰地傳來打開壁櫥和鋪褥墊的聲響。我再問：「幾點了？」K答說：「一點二十」。不久，我聽見呼的一聲吹熄了油燈，整個屋子隨即陷入一片漆黑，鴉雀無聲。

然而，我在黑暗中卻愈來愈清醒。我再次不自覺地對K喚了一聲「喂」，而K也用和稍早同樣的語氣回應一聲「喂」。我終於主動開口，問他現在方不方便，我很想和他進一步詳談今天早上他告訴我的事。我當然不希望隔著門和他聊這種事，但我覺得他應該會馬上答應我。沒想到剛才我喚了他兩次，兩次都立刻得到他的回應，可是這次不一樣了。他只嘟囔了一句「讓我想想……」這句話讓我心頭一凜。

三十九

到了第二天，甚至第三天，K的態度依然和那天晚上支吾其詞的回答一樣，一點也沒打算提起那件事。事實上，我們也沒有機會重談。我知道除非夫人和小姐相偕出門，在外面待上一天，否則我們無法坐下來好好聊這件事。儘管心裡明白，還是忍不住心浮氣躁。我原本已經做足準備，一切就等對方主動提起，現在再也等不下去，決定只要逮到機會，我就要先開口了。

這段期間，我暗中觀察家中每一個人的狀況。不論是夫人的神態和小姐的舉止，都和往常沒什麼兩樣。既然K向我坦白之前與之後，她們的神態和舉止都沒有變化，可見他只把這事告訴我一個人，而沒有向意中人吐露心跡，也沒有告訴她的監護人，亦即夫人。這樣一想，我稍稍鬆了口氣。既是如此，我認為與其勉強擠出機會，故意提起這個話題，不如及時把握水到渠成的時機來得好多了，便決定暫且觀望，伺機行事。

說來簡單，我的內心卻如同潮汐的漲退，起起伏伏，忽高忽低。看到K不動聲色，我不由得浮想聯翩；觀察夫人和小姐的言行舉止，我禁不住懷疑是否表裡如一。我甚至想過，能不能在人類的胸腔安裝一部複雜的機器，像時鐘的指針一樣，明確而真實地指出刻盤上的數字呢？簡單來說，我就是這樣把同一件事翻來覆去，琢磨再三，好不容易才冷靜下來。若對此做更深入的探討，或許冷靜一詞並不適用於現在這種狀況。

不久，學校又開學了。我們在同樣有課的日子一起出門，如果下課時間一樣，也會一起回家。表面上看來，K和我依然是好朋友，和以前沒有不同，但可以肯定的是，兩人心裡各有盤算。有一天，我突然在路上質問起K來。首先我問他，前幾天的告白是否只讓我一個人知道，還是也告訴夫人和小姐了。他的答案，將會決定我今後採取的態度。結果他信誓旦旦地說，除了我以外，不曾向任何人透露過。這個回答恰恰和我的推測一樣，我不禁暗自竊喜。我很清楚，論取巧耍計，我比不過K；論膽識勇氣，我也遠不如他。奇怪的是，我又對他信任不疑。雖然他誆騙養父資助學費長達三年之久，可是卻沒有絲毫影響我對他的信任，反而更加信賴。所以，儘管我向來疑神疑鬼，但從未懷疑過他明確說出的回答是否屬實。

我又問他，這份心意他打算怎麼辦？這句問話背後隱藏的意思是：你只是想傾訴心聲，還是期盼如願以償？可是他聽了，一個字也沒答，默然步下斜坡。我求他不要隱瞞，心裡有話儘管統統說出來。他明明白白告訴我，對我不必有任何隱瞞。可是我想知道的事，他卻絕口不提。我總不能在大街上停下來對他嚴詞查問，只好不了了之。

四十

一天，我來到久違的校內圖書館，在寬敞大桌的一隅落坐，沐浴在窗外灑入的陽光下，手上不停翻動最新一期的外國雜誌。指導教授要我在下週末之前，查找自己專長領域的相關資料。無奈我想查的資料遲遲沒找到，只得換了一本又一本雜誌繼續找。最後總算找到需要的論文，開始專心研讀。這時，忽然有人在大桌的另一邊輕聲喚我。抬眼一看，K就站在那裡。他俯身向桌，把臉湊近我。眾所周知，圖書館裡不能高聲談話，以免干擾他人。因此K的舉動再平常不過，誰都這麼做，但我那時心裡卻覺得有些異樣。

K低聲問我在讀論文嗎？我說查些資料。可是他依然湊在我的眼前，仍舊壓低音量邀我去散散步。我回說等我一下，他說等你，接著就在我對面的空位坐了下來。這下子，我的注意力無法集中，雜誌也看不下去了，總覺得K已是胸有定見，今天是來和我談判的。我只好闔上沒看完的雜誌，準備站起來。K神情自若地問我看完了嗎？我說無所謂，還了雜誌以後便和K一起走出圖書館。

兩人也沒特別想去的地方，就從龍岡町走到池塘邊，進了上野公園。這時，他突然開口，提起那件事情。綜合前後的情況來看，K應該是專程找我出來散步的，但他依然沒有明確表明態度，只含糊其詞地問我有什麼想法。所謂有什麼想法，真不努力提升自己的精神層次，無異於蠢才。

精神的に向上心のないものは馬鹿だ。

正想問的其實是，我如何看待他墮入情網的這件事。簡單來說，他想知道我目前對他的評價。這一刻，我已經非常肯定他不同於以往了。我說過很多次，他天生不在乎別人對自己的看法，只要是自己堅持的信念，就會秉持與生俱來的膽識和勇氣，兀自前進。他和養父之間的那場風波，已經讓我深刻領悟到他的這種特殊性格，理所當然，我可以很快察覺出他的一反常態。

當我問K，為什麼這時候需要徵求我對他的看法，他以我從未聽過的沮喪語氣，說他是個懦夫，對此感到十分羞愧，而且他很困惑，已經茫然自失，只好來向我求助一個公允的看法。我抓緊這個機會立刻追問，他說的困惑是什麼意思。他解釋不知道自己究竟應該前進才對，還是後退才好。我又進一步逼問，真要後退，你辦得到嗎？他一時語塞，只說了句很痛苦，而他的神情也確實痛苦萬分。假如他的意中人不是小姐，我必定會給他一個完美的答案，宛如天降甘霖一般澆灌於他乾渴的臉上。我相信自己的天性之中包括這種美好的同情心。然而，那一刻，我沒有那麼做。

四十一

我猶如與其他門派的對手比武似的，直勾勾地盯視著K。我把自己的眼睛、心臟、身軀，以及屬於我的一切器官，全都防護得滴水不漏，與Ｋ對峙。無辜的Ｋ毫無戒備，不僅漏洞百出，根本可以說是門戶大開。我形同收下他親手奉上的要塞地圖，當著他的面好整以暇地仔細查閱。

我發現Ｋ正在理想與現實之間徘徊猶疑，我知道自己一出招就可以擊倒他，於是立刻鎖定這個目標，乘虛而入。我旋即換上另一副面孔，貌似一本正經。這當然是策略的一環，不過也是因為緊張所致，根本沒有餘力去想自己有多麼滑稽、多麼可恥。我脫口而出的第一句話就是：「不努力提升自己的精神層次，無異於蠢才。」這是我們在房州旅行時，Ｋ對我說過的話。現在我同樣用他當初的口吻，原原本本予以回敬。但是，這絕不是報復。坦白說，我這麼做的用意比報復更加殘酷，因為我要用這句話來封住Ｋ即將踏上的情路。

Ｋ出生在真宗寺，可是早在中學時代，他的思想傾向已經與生父家的宗旨漸行漸遠。我不了解教義上的差異，而且自己也沒有資格談論這種事，只是就關於男女的問題上有這層認知。Ｋ從很久以前便喜歡使用「精進」這個詞彙，我原本以為這個字詞含有禁欲的意味，等到後來問清楚，不由得嚇了一跳，因為其真正的定義比禁欲更為嚴苛。Ｋ說，他首要的信念是，為求得道不惜犧牲一切。因此，不單必須節欲、禁欲，即便是無關欲念的愛情，也會妨礙得道。在Ｋ獨自生活的時候，我經常聽到他闡述這番理論。那時我已對小姐有意，不免提出相反的見解。一聽到我看法迴異，他總是露出深感遺憾的神情，而且顯然鄙視多於同情。

由於我們之間做過這樣的討論，因此「不努力提升自己的精神層次，無異於蠢才」這句話無異於踩到了K的痛腳。不過，前面已經說過，我並不是要用這句話來摧毀他多年來積累的一切，反而希望他仍像以前一樣繼續往上堆砌，管他是得道也好，是升天也罷，我都不關心。我只擔心他突然改變生活重心，與我的利益起衝突。總而言之，我的話純粹是為了利己。

「不努力提升自己的精神層次，無異於蠢才。」

我將同樣的話重複一遍，然後注視著K，等著看這句話會對他發揮什麼作用。

他頓了一頓，終於開口：

「蠢才……我是蠢才。」

K倏然駐足，一動不動，低頭望著地面。我心頭一怔，感覺K在那一瞬間彷彿從小偷變成了強盜那般理直氣壯，可是隨即察覺到他的聲音卻是有氣無力。我想看看他的眼神，以確認他此刻的心態，可是他始終沒有抬起頭來看我，就這樣再次踏出腳步，慢慢往前走。

四十二

我和 K 並肩同行，心裡等著他接下去要說的話，也許以埋伏等候接招來形容更貼切。那時，我甚至認為暗算 K 也不過分。不過，我畢竟受過教育，良心未泯，如果當時有人走到我身邊，對我低聲輕斥一句：「你太卑鄙了！」或許我會在那一瞬間幡然悔悟。倘若點醒我的那個人就是 K，我應該會在他面前羞得無地自容。不過，K 太正直、太單純，甚至他的人性也太善良，所以他不會責備我。然而，被愛情蒙蔽了雙眼的我，竟然忘了應該對此致敬，反倒抓住這項弱點作為要脅來擊垮他。

過了一會兒，K 喚了我的名字並且看向我。我自然停下腳步，他也停了下來，直到這時我才得以直視他的眼睛。K 長得比我高，我不得不仰起頭來才能看清楚他的臉。我這時的神情，簡直像一頭心懷詭計的狼盯上了一隻無辜的小羊。

「別再提這些了。」他對我說。他的眼神、他的言語，在在流露出極大的痛苦。我一時無言以對。「別再提了。」K 重又懇求了一遍。可是，我卻給了他一個殘酷的答覆，猶如惡狼瞄準時機，張口咬住小羊的喉嚨一樣。

「別再提了？這不是我起的開頭，而是你自己主動提起的。如果你不想多講，我倒無所謂，但只是嘴上不談根本無濟於事，你必須由衷下定決心就此打住才有意義。你平時掛在口中的信念，難道不打算貫徹了嗎？」

我說這段話的時候，高眺的他彷彿在我面前萎縮變矮了。我說過很多次，他的個性相當倔強，但也遠比一般人更為正直，所以當別人嚴厲指責他的矛盾時，他絕對不可能平心靜氣地接受。我看到他的反應，終於放下心來。豈料他陡然反問我：「決心？」我還來不及回答，他緊接著補上一句：「決心……要下決心也可以。」這語氣既像喃喃自語，又好似夢囈。

兩人談話就此告一段落，一起向小石川的住處走去。那天雖然沒有風，並且是個難得暖和的日子，但總歸是冬天，公園裡仍是冷冷清清的。尤其當我回頭望見飽受霜凍而失去青翠的暗褐杉林，那高聳的樹梢直入昏暗的天空，剎那間，一股寒意滲進了我的背脊。我們在暮色中快步穿過本鄉台，爬上山崗，朝低處的小石川走去。直到這時，我總算感覺到外套裡面的身子微微發熱了。

也許是因為走得急，我們在回家的路上幾乎沒有交談。回到家，走向飯桌時，夫人問我們怎麼回來晚了。我說K邀我去上野公園了。夫人驚訝地嚷了一聲：「這大冷天的去公園！」小姐也好奇問道：「上野公園有什麼值得看的嗎？」我只回答：「沒什麼值得看的，就去散散步而已。」一向不多話的K比平時更沉默了。任由夫人找他搭話、小姐對他微笑，他也沒好好回話，只管狼吞虎嚥把飯扒進嘴裡，我都還沒有離開飯桌，他已先回到自己的房裡了。

四十三

那個時代還沒有出現「覺醒」、「新生活」之類的詞語。但是，K之所以無法毅然拋棄自我的窠臼，全心全意奔向嶄新的人生，並不是由於他缺乏現代人的思惟，而是他擁有的過去彌足珍貴以致於沒有辦法割捨。甚至可以說，他正是為了過去才活到現在。K雖然沒有朝著愛情這個標的物直線衝去，但絕不能以此證明他對愛情不夠積極。縱使熾烈的情感在心中熊熊燃燒，他也不會貿然躁進。既然沒有機會讓他衝動得不顧一切，他不得不稍微停下腳步，回顧自己的過去。如此一來，他只好遵循過去的指示，繼續踏上這條行走多年的道路。況且他的性格中具有現代人缺乏的堅毅和忍耐。我認為自己從這兩個角度，已經對他的內心瞭如指掌了。

從上野公園回來的那一晚，我的心情比前幾天來得平靜。我在K回到房裡之後跟著進去，坐在他的桌旁，故意天南地北閒聊。他看起來很為難。我的眼睛閃耀著些許勝利的光芒，聲音也透出得意的宏亮。在K的火盆旁把手焐暖了以後，我便回到自己的房裡。其他事情我樣樣不及他，唯有那一刻我才認為他沒什麼好怕的。

沒多久，我已沉沉睡去。忽然間，有人喚了我的名字，把我從睡夢中驚醒。睜開眼睛一看，隔扇推開兩尺左右，K漆黑的身影就站在那裡。他的房間仍如傍晚時一樣亮著燈火。突然間，我從夢裡的世界被拉回現實，一時說不出話來，只能神智恍惚地望著眼前的景象。

K開口問我睡了嗎？他向來睡得很晚。我望著那道黑色的人影，反問K有什麼事嗎？他說沒什麼重要的事，他剛去過廁所回來，只是心想不曉得我睡了還是醒著，順口問一問。由於K背對油燈，從我的角度完全看不到他的表情和眼神，但可以聽得出來他的聲音比以往來得穩重。

頓了一瞬，K唰的一聲闔上隔扇，我的房間立刻恢復原先的黑暗。我在黑暗之中再次閉上眼睛，靜靜地進入夢鄉，接下來就什麼都不知道了。但是到了第二天早上，我想起昨晚的事，總覺得有些不大真實，心想該不會全是一場夢吧。吃飯的時候我問了K，他說確實開過隔扇、喚過我的名字。我問他為什麼找我，他又含糊其詞不肯明講。我問不下去正想放棄，他卻反過來問我最近睡得好不好，我覺得有些不大對勁。

那天恰好我們同時有課，兩人不久便一起出門了。今天一早我就惦記著昨晚的事，一路上不死心地繼續逼問K，可是他的回答總是無法讓人滿意。我為求慎重起見，再問他是不是想找我繼續談那件事，他語氣堅決地說：「絕對不是！」言下之意像在提醒我：昨天在上野公園，不是已經告訴過你別再提這些了！我忽然想到，K在這方面的自尊心特別強烈，繼而聯想起他說過的「決心」這個字眼。於是，這個我從未放在心上的詞彙，開始以一股奇妙的力量捆綁住我的思想。

四十四

我十分明白K的性格相當果斷，也非常清楚他為何唯獨對這件事情優柔寡斷。也就是說，我不但了解他平時的性情，還更能精準掌握他在特殊狀況下的反應。為此，我洋洋得意。然而，當我在腦海裡反覆咀嚼他說的「決心」一詞，我臉上的得意神色逐漸黯淡下來，最後甚至因為疑懼而眼神閃爍不定。我開始疑心，該不會現在這種情況也屬於他的特殊狀況吧？該不會他心底已經準備好終極手段，足以將這一切的困惑、苦悶和懊惱一併解決吧？當我從這個新發現的角度重新審視他的決心二字時，倏然感到錯愕。假如我當時能在錯愕之餘，再一次心平氣和地檢視決心的真正涵意，那就好了。可悲的是，我竟沒能睜開雙眼仔細察看，只把這個詞解釋成他要對小姐展開追求。我一心認定，以他果斷的性格，所謂的決心必然是展現在愛情上。

於是，我的心底傳來一個聲音：你也必須做最後的決斷了。我當即鼓起勇氣回應這個聲音。我抱定必死的決心，非得比K搶先一步，而且要趁他還沒發現的時候把事情辦得妥妥當當。我靜靜地伺機而行。可是，兩天過去，三天也過去了，我依然找不到任何機會。我等待的是K出門了，並且小姐也不在家的時段，我要利用這個機會和夫人一對一談判。可是任憑我怎麼等，他們總是一個出門、另一個卻待在家裡，怎麼也等不到我心目中的最佳時機。我急得像熱鍋上的螞蟻。

一個星期過去了，我再也等不下去，索性裝病。一早，夫人、小姐和 K 輪番催我起床，我哼哼地應著，都十點了還躺在被窩裡。我忖度這時間 K 和小姐都出門了，家裡一片安靜，直到這時候才起身。夫人見到我就問哪裡不舒服，勸我再睡一會兒比較好，她等一下會把飯送去我枕邊。我根本沒病，實在不想再躺在床上了，因此洗把臉就和往常一樣到起居室吃飯。夫人坐在長方形火盆的另一邊伺候飯菜。我手裡端著碗，裡面盛的不曉得該算是早飯還是午飯，心裡正為不知該如何啟齒而發愁。或許從氣色看來，我的確像個身子不舒服的病人。

吃完飯，我點上一支菸。我沒起身，夫人也不好意思離開火盆。她先是叫女傭收拾飯桌，然後往鐵壺續水，接著又擦起了火盆的邊緣，就這麼想方設法找事情做，好陪我坐在那裡。我問夫人有沒有要事待辦，她說沒有，並且反問我為什麼要問這個。我說確實有點事想和夫人談一談。她看著我的臉，問我要談什麼呀。由於她的語氣十分輕鬆隨意，使得我一時難以調整情緒，換上莊重的態度，以致於停頓了好半晌思索該如何開口。

我不知道該怎麼辦，只好隨便找話兜圈子繞，末了才問起最近 K 有沒有向夫人說過什麼？夫人一頭霧水地反問：「他跟我說什麼？」沒等我回答，夫人緊接著問道：「他是不是跟你說過什麼了？」

四十五

我不想把K坦承的事告訴夫人，於是回答：「沒有。」但話一出口，旋即對自己撒謊感到不舒服，卻又不能從實招認，只好改口說K沒有託我帶話，不是要談關於K的事情。夫人回了聲：「這樣啊。」然後等著我往下說。這下子非講不可了。我毫無預警地迸出一句：「夫人，請將小姐嫁給我！」夫人的表情雖然不如我想像那般驚訝，仍是一時答不出話來，只默默望著我的臉。話既然說出去了，即便被盯著瞧，也不容許我退縮了。「請將小姐嫁給我！務必將小姐嫁給我！」我一句追著一句懇求，「請一定要讓小姐做我的妻子！」夫人畢竟見多識廣，比我來得沉著。她問我：「嫁給你也行，可也未免太突然了吧？」我趕忙答道：「我突然想娶她！」聽完我的回答，夫人笑了起來。她又確認了一次：「仔細考慮過了嗎？」我語氣鏗鏘地向她解釋，雖然這項懇求來得突然，但是自己已經思考很長一段時間了。

接下來夫人又提了兩三個問題，但這段過程我已經忘記了。夫人不同於一般女子，處理事情和男人一樣爽快，與她商量很輕鬆，毫不拖泥帶水。「好，就嫁給你！」接著她反過來拜託我，「我們的家境哪裡有資格大模大樣講什麼『就嫁給你』這種話，我該說『請娶小女』。你也曉得，她是個沒了父親的可憐孩子。」

事情就這麼簡單明瞭地定了下來，從開始到結束大概沒花上十五分鐘。夫人沒有提出任何條件，也說不必和親戚商量，以後去打聲招呼就行了，甚至挑明了說，連小姐本人的意願都不必徵詢。關於最後這一項，我這個讀過書的人，反倒顯得拘泥形式了。當我提醒夫人，親戚倒無所謂，但總該先得到小姐本人的答應才行，夫人說道：「儘管放心。我不可能把那孩子嫁給她不願意的對象。」

我回到自己的房間。想不到事情進行得如此順利，反而放心不下，腦中甚至冒出一抹疑念，果真不會有問題嗎？但是，一想到我未來的命運已經大致底定，不禁感到全身上下煥然一新。

午後，我又到起居室找夫人，問她打算什麼時候把今天上午的決定告訴小姐。夫人說，她已經答應這門親事了，什麼時候告訴小姐都無所謂。如此看來，夫人比我更像個男子漢。我正準備告退時，夫人開口喚住我說，如果希望早些告訴她，今天講也行，等一下她學藝回來就講。我說，假如可以這麼做再好不過了，說完便回到自己的房裡。可是等我回到桌前坐下來，想像隱約傳來她們兩人竊竊私語的情形時，就再也坐不住了。我捱不下去，終於戴上帽子出了家門。走到坡下時，小姐恰巧迎面而來。還不知曉情況的小姐看見我，顯得有些訝異。我摘下帽子問候一聲：「剛回來嗎？」她有些難以置信地問道：「您病好了？」「是啊，都好了、都好了！」我連聲回答，急急往水道橋那邊拐了過去。

四十六

我從猿樂町走到神保町的大街，然後轉向小川町那邊。平時我來這一帶總是為了到舊書店逛一逛，可是那天卻怎麼也提不起勁翻閱那些老舊的書冊。我走著，滿腦子都是家裡的事。我想起夫人早前的一舉一動，我想像著小姐回家之後的情景。也就是說，是這兩件事把我逼上大街遊蕩的。走著走著，我不時忘乎所以，在大馬路的正中央乍然停下腳步，思忖著這時候夫人大概正在告訴小姐，過了一會兒，心想她們應該已經談完了。

我終於走過萬世橋，爬上明神坡，來到本鄉台，接著又步下菊坡，最後走到了小石川的低地。我行走的距離總共跨越這三區，可以連成一個歪斜的橢圓形。在這段漫長的散步中，我幾乎不曾想起K。現在回想起來，就算問自己為什麼沒有想起他，我也答不出來，只覺得不可思議。或許是因為過於緊張而無暇想起他，但我的良心應該不允許自己忘掉K。

直到我打開家裡的木格門，從玄關走進房間，也就是和平常一樣正要穿過他房裡的瞬間，我的良知才想到K。他和往常一樣從書裡抬起眼來看著我，不過他沒像平時那樣說「剛回來？」而是問我：「病好了？去給醫生看過了嗎？」那一刻，我恨不得跪下來向他謝罪。當時湧上心頭的那股衝動無比強烈。我想，假如當時K和我是單獨站在曠野中，我一定會遵循良心的命令，當場向他賠罪。可是屋裡還有人在，我的這股衝動旋即被壓抑下去。可悲的是，它再也沒有出現了。

到了晚飯時間，K和我又見面了。完全蒙在鼓裡的K只是悶悶不樂，對我沒有絲毫懷疑。對此一無所知的夫人顯得比往常更高興。只有我明白一切真相，吞下的飯菜猶如鉛塊一般沉重。那一晚，小姐沒和往常一樣與我們同桌吃飯。夫人喚她快來吃飯，她只在隔壁房間說聲就來了。K聽得納悶，忍不住問夫人怎麼回事。夫人說大概是害臊吧，說著朝我瞅了我一眼。K愈發不解，接著又問為什麼害臊，夫人笑而不答，再次望向我。

我在飯桌前一落坐，就從夫人的神情大致猜出事情已經成了。可是我生怕夫人為了向K解釋為何小姐不來吃飯，當著我的面把原委說出來。夫人是個性情中人，極有可能會毫不在意地全講出來，不禁令我如坐針氈。所幸K又恢復了原本的沉默。情緒比平常來得高昂的夫人，總算沒講到我最擔心的那個話題上。我終於舒了一口氣，回到自己的房裡。可是，我非得思考今後該如何向K說明這個情況，於是在心裡編造了種種辯護的說詞，但那些說詞沒有任何一套能夠講得出口。卑鄙的我終究不想向K親自解釋。

四十七

就這樣過了兩三天。無庸贅言，這兩三天中，對Ｋ的愧疚一直重重地壓在我的心口上。我思索著該為他做些什麼，否則太對不起他了。再加上夫人的神態和小姐的表情不停地戳刺著我，使我倍感煎熬。豪爽氣概的夫人難講什麼時候就在飯桌上把我的事向Ｋ全抖了出來。自從親事談定了以後，小姐對我格外明顯的舉動，或許就是使Ｋ變得猜忌的原因，但也無法肯定。我非得想個辦法讓Ｋ知道我和這個家庭已經建立了新關係。但是道德上的瑕疵，使得這件事對我難上加難。

我不得已，打算請夫人告知Ｋ，當然是趁我不在家的時候。可是如果照實告訴他，只不過是直接與間接的差別，不會改變我見不得人的事實。然而，若請夫人拿編造的說詞去講，夫人必定會詰問我這麼做的理由。如果全盤托出，等於我在心愛的人和她母親面前主動暴露自己的缺點。事關我將來的信譽，做事一板一眼的我無法忍受在結婚前就失去了情人的信任，哪怕是一分一毫，對我都是難以承受的不幸。

總之，我是個原本打算走在正直的康莊大道上，卻不小心滑了一跤的蠢蛋，也可以說是個狡猾的男人。而察覺到這一點的，目前只有老天爺和我自己。可是如果我想重新站起來向前邁出一步，就不得不把剛才滑了一跤的糗事讓大家知道。我進退兩難，既不希望被人知道滑跤的事，又非向前邁進不可。我被夾在中間，寸步難移。

總之，我是個原本打算走在正直的康莊大道上，卻不小心滑了一跤的蠢蛋，也可以說是個狡猾的男人。

要するに私は正直な路を歩くつもりで、つい足を滑らした馬鹿ものでした。もしくは狡猾な男でした。

過了五、六天之後，夫人突然問我，那件事告訴 K 了嗎？我說還沒有。夫人質問我為什麼不說。我語塞無言。至今我依然清楚記得夫人接下來說的話，令我多麼吃驚：「怪不得我說的時候，他的臉色不對勁。你也真是的，那麼要好的朋友，怎麼可以不告訴他呢？」

我問夫人，K 當時說了些什麼。夫人說沒什麼特別的。我不能不問個詳細，而夫人也無意隱瞞。夫人雖說沒聊什麼要緊的，仍把 K 的反應逐一描述給我聽。

我根據夫人提供的線索推論，K 似乎是以極為震驚、卻又非常平靜的心情來接受這最終的打擊。當 K 知道我和小姐已經成為未婚夫妻時，第一句話只說了：「這樣啊。」當夫人對他說：「你也為他們感到高興吧？」這時他才看著夫人，露出微笑說了句：「恭喜。」說完就起身了。他正要打開起居室的紙門，又回過頭來問夫人：「什麼時候結婚？」接著又說：「我很想送上賀禮，可是沒有錢，送不成。」我坐在夫人面前聽到這段話，難受得彷彿胸口被堵住似的。

四十八

算起來，夫人告訴 K 之後已有兩天了。這段期間，K 沒有對我表現出絲毫不同於以往的樣子，我也完全沒有發現他有什麼異狀。如此超脫的態度即便只是刻意表現出來的，依然值得欽佩。我在心裡把他和自己作了比較，他遠比我了不起。我雖在策略上贏過他，卻在人性上敗給他——這種感覺在我心中不停翻攪。我那時以為K一定瞧不起我，羞得無地自容。事到如今要我到K的面前自取其辱，這對我的自尊心無疑是極大的痛苦。

當我下定決心，要講也好、不講也罷，一切留待第二天再說的時候，已是星期六的晚上了。沒有想到就在那天晚上，K自殺身亡了。回想起那一晚的情景，我至今仍是膽戰心驚。或許是命中注定，我平時習慣朝東睡，只有那天晚上偶然朝西躺下了。一股寒風吹向我的枕頭，使我忽然醒過來。睜開眼睛一看，隔開K和我房間的那面隔扇平時總是緊緊闔上，可是此時卻和前幾天晚上一樣開著，只是沒看到K那道黑影站在那裡。我彷彿受到某種無形的牽引，以手肘撐起身子，朝K的房裡窺探。油燈光線微弱，床也鋪好了，但是棉被像被踢到了腳邊似地糾成一團。K俯身趴著，頭側向另一邊。

我喚了一聲：「喂？」沒有任何回答。「喂，怎麼啦？」我又喚了K一聲，但是他的身軀依然一動不動。我立刻站起來走到門檻前，就著昏暗的油燈打量他的房間。

當時我的第一個感覺，就和我聽到K突如其來表明心跡的那一刻差不多。我的眼睛剛在他房裡掃過一眼，迅即像玻璃做的義眼一樣，失去了轉動的能力。我站在那裡，呆若木雞。眼前的一切宛如一陣疾風從我身上席捲而過，我頓時暗叫一聲糟，再也無法挽回了。一道黑光劃破了我的未來，霎時在我的眼前無情地映照出我的一生，我嚇得渾身打顫。

儘管如此，我還是沒有忘記務求自保。我很快發現桌上擺著一封信。如我所料，信封上寫著我的名字。我不顧一切拆開信封，但信裡卻沒有提到任何我預想的事情。原以為信中一定會羅列種種令我難堪的字句，我擔心若是讓夫人和小姐看到了，不知道將會多麼鄙視我。我大略瀏覽一遍，腦中的第一個念頭是，我得救了（當然所謂的得救只是保住面子而已，但在這種情況下，面子對我可是至關重要的大問題）！

信裡寫得很簡單，也很抽象。他只說自己意志薄弱，前途無望，所以才走上自殺這條路。接著以非常簡潔的語句對我一直以來的照顧表示謝意，順道拜託我幫忙處理後事。另外還提到了造成夫人的麻煩，十分過意不去，請我代為致上歉意。還有，請我通知故鄉的親人。信裡把必須交代的事情逐一列上了，但是從頭到尾沒有出現小姐的名字。讀完之後，我立刻察覺到K是故意不提的。但是，最讓我痛心的是，應該是他蘸上餘墨，在結尾添寫的一句話：「早該死矣，爲何苟活至今。」

我抖著手把信摺好，重新裝進信封裡，按照原來的樣子放回桌上，刻意讓大家都能看到它。然後，我轉過身來，這才看到濺在隔扇上的血跡。

四十九

我倏然伸出雙手稍微捧起K的頭，迫切地想看一眼他死去的面容。但是當我從底下窺看他趴伏的臉孔時，立刻鬆了手。不單是因為我害怕，還因為他的頭異常沉重。我俯視著方才碰觸到的冰冷耳朵，以及他慣剃的平頭上的濃密毛髮。我完全沒有想哭的感覺，只是恐懼萬分。這種恐懼不是眼前的情景刺激感官所引發的單純的害怕，而是我深切感受到，這位忽然變得冰冷的朋友暗示了我未來可怕的命運。

我恍恍惚惚地回到自己的房裡，在這間八鋪席的房間裡跺步繞圈。大概是我的大腦命令我暫時做這種沒有意義的動作。我知道該想個辦法，又覺得束手無策，只能在這裡兜圈子繞，猶如一頭被關在籠子裡的熊。

我多次想去叫醒夫人，但是不該讓女人看到這種可怕景象的想法立刻阻止了我。姑且不論夫人，有個強烈的念頭警告我絕不能讓小姐受驚。於是我又開始在房裡繞圈子。

我點亮自己房裡的油燈，頻頻查看時鐘，從不曾感覺時鐘走得那麼慢。我記不得自己醒來的時刻，但顯然是天將破曉時分。我一邊兜著房間轉，一邊焦急地等待天亮，懊惱地忖想著這漫漫長夜該不會永遠持續下去吧？

我們習慣在七點之前起床，因為學校大多是八點開始上課，否則就要遲到了。

因此女傭總是在六點鐘起床。但是，那天還不到六點我就去叫醒女傭。夫人被我的腳步聲吵醒，出聲提醒我今天是星期日。我說，如果夫人醒了，麻煩到我房裡一下。夫人在睡衣外面披上平時穿的外褂，隨我去房間。我一進房立刻把敞開的隔扇闔上，壓低了音量告訴夫人出事了。夫人問發生什麼事。我揚起下巴指向隔壁房間說：「您務請鎮定。」夫人猝然臉色發白。我接著說道：「夫人，K自殺了。」她愣佇原地，看著我愕然無語。我突然跪在她面前伏臉謝罪：「對不起，都怪我不好！我對不起您，也對不起小姐！」在見到夫人之前，我根本沒打算說這些話，但是一看到夫人的神情，就不自覺脫口而出了。你可以把這個舉動看成我再也無法向K道歉，所以只好向夫人和小姐道歉了。也就是說，我的衝動讓我掙脫了平時的自己，下意識地開口懺悔。幸運的是，夫人沒有想到我的話有那麼深層的意涵。她煞白著一張臉，仍然出言安慰我：「這是意外，誰也想不到呀。」不過，驚嚇和恐懼，已如雕痕一般，深深地刻劃在她僵硬的臉部肌肉裡。

五十

雖然不忍心讓夫人看到這一幕，我還是起身推開方才闔上的隔扇。這時K的油燈已經燃盡，房裡一片漆黑。我折回去拿自己的油燈，站在門前看著夫人。她躲在我背後，朝這間四鋪席的房裡窺探，沒打算進去。夫人吩咐我把擋雨窗打開就好，那邊必須維持原狀不能動。

夫人不愧是軍人遺孀，接下來處理事情極有要領。我去請醫生、找來警察，都是按照夫人的命令執行。在這些手續辦完之前，她不准任何人進入K的房間。

K以小刀割斷頸動脈，當場死亡，身上沒有其他傷痕。這時我才知道，我在半夢半醒之間的昏暗燈光中看到隔扇上的血跡，就是從他脖子裡噴濺出來的。我在白天的陽光下又仔細看了一遍，不由得對人類血液迸射出來時的迅猛之勢感到驚詫。

夫人和我費了好一番功夫清理K的房間。他流出來的血大部分都被吸進被褥裡，也沒有溢流太多到鋪席，清理起來還算容易。我們合力把他的屍身抬到我的房間，讓他像平常睡覺那樣躺好。接著我出門打電報給他的生父。

我回來的時候，K的枕邊已經點上香了。一進屋，線香的煙氣立刻撲鼻而來，母女倆就坐在煙霧之中。從昨晚到現在，這是我第一次見到小姐。小姐在哭，夫人的眼睛也紅了。出事之後，我根本忘記流淚，直到這時終於悲從中來。我不知道這份悲傷能否寬慰我的心。但是，給予我那顆被痛苦和恐懼緊緊攫住的心一滴滋潤的，正是那時候的傷悲。

我默默地在她們身旁坐了下來。夫人要我也上支香。我上過香後又默默地坐了下來。小姐沒有和我交談，只偶爾和夫人說一兩句，而且都是當下必須處理的事務，也還沒有心情追思 K 生前的往事。我心想，幸虧沒讓她看見昨晚那幅可怕的情景，我唯恐漂亮的年輕姑娘瞧見可怕的景象，將會損及她的美麗。我的恐懼甚至已經蔓延到毛髮尖梢了，所以我採取的任何行動都必須將這一點納入考量。一股不舒服的感覺籠罩著我，就像我目睹漂亮的花朵無端遭到恣意鞭打時一樣難以忍受。

K 的父親和兄長從鄉下趕來，對於 K 應該葬在何處，我提供了建議。K 生前常和我一起在雜司谷一帶散步，他非常喜歡那裡。我記得我曾半開玩笑與他約定，既然那麼喜歡，死後就埋在這裡吧。於是我想到，如果能照當時的約定，把 K 葬在雜司谷，應該算是功德一件。在我有生之年，我會每個月都跪在 K 的墳前懺悔。K 的父親和兄長大概是感恩我給予他們置之不理的 K 諸多關照，聽從了我的意見。

五十一

參加完 K 的葬禮回來的路上，一位朋友問我 K 為什麼要自殺。自從出事以後，我已經不曉得受過多少次這種詢問的折磨。包括夫人、小姐、從故鄉趕來的 K 的父親與兄長、接到訃聞的朋友，乃至於和 K 毫不相干的報社記者，人人都問我同樣的問題。每一次問起，我的良心都像針扎一般疼痛。而且在這個詢問的背後，我總會聽到一個聲音：「快點坦承人就是你殺的！」

我給任何人的答案都一樣，只是重述一遍他留給我的遺書，此外一個字也不多說。在葬禮的歸途中，K的朋友問起同樣的問題，在得到同樣的答案之後，他從懷裡取出一張報紙遞給我。我邊走邊讀他特別指出的部分，上面刊載了K是因為被父親與兄長斷絕關係而有了厭世的念頭，最後走上自殺之路。我一語不發，把報紙摺好，還給那位朋友。此外他還告訴我，其他報紙甚至報導K是因為發瘋才自殺的。這些天我忙得不可開交，根本無暇看報，一點也不知道有哪些相關報導，但是對此一直很擔心。我深怕報上登載的內容會給這一家人帶來困擾，尤其萬一小姐的名字被牽扯進來，我絕對無法忍受。我問那位朋友還有些什麼樣的報導。他說他看到的只有這兩種寫法而已。

不久之後，我搬到現在這個寓所。夫人和小姐都不想繼續住在那間屋子裡，我每天晚上想起那一夜的情景更是痛苦不堪，所以三個人商量以後決定搬家。

搬到這裡大約兩個月之後，我從大學順利畢業，畢業不到半年，我終於和小姐結婚了。表面上看來，我諸事如意，可喜可賀。夫人和小姐看起來相當幸福，我也覺得自己很幸福。只是我的幸福有一道黑影尾隨在後。我想，這份幸福到頭來恐怕會變成把我引向悲慘命運的導火線。

結婚的時候，小姐——她的身分已經不是小姐了，我接下來稱她為妻子——不曉得想起了什麼，說我們兩個去給 K 上墳吧。我不禁心頭一驚，問她怎會忽然想到這種事。妻子說，我們一起去上墳，K 一定會很高興的。我凝望著毫不知情的妻子，直到她問我為什麼盯著她瞧，這才回過神來。

我答應了妻子的要求，兩個人聯袂去了雜司谷。我在 K 的新墳上澆水，妻子在墓前上香和供花。我們低頭合掌。妻子想必向 K 報告和我結婚的經過，與他分享喜悅。我只在心底一次又一次承認自己的過錯。

妻子當時撫著 K 的墓碑稱讚相當氣派。其實那塊墓碑並不是上好的石材，大概是因為知道我親自到石材行選料訂製，她才當面誇獎。我望著這座新墳，再看看我的新婚妻子，又想到 K 埋在地底下的新骨，不由得感到命運的嘲諷。我決定此後永不再和妻子一起去為 K 上墳了。

五十二

我對於亡友的這種感覺久久揮之不去。事實上，我一開始最害怕的就是這種情況，就連期盼已久的婚姻，也是在惶惶不安之中舉行儀式的。不過，凡人畢竟無法預知自己的未來，我猜想說不定結婚可以讓我轉換心境，成為邁向嶄新人生的開端。可是一旦成為人夫與妻子朝夕相處，我那渺茫的希望就被嚴酷的現實給粉碎成灰了。每當我看見妻子，總會倏然感覺到Ｋ的威脅。也就是說，妻子站在Ｋ和我的中間，三人連結在一起，永遠無法分離。我對妻子沒有任何不滿，卻因為這一點而總是避開她，女人的直覺使她立刻嗅出不對勁。她雖嗅出不對勁，卻不了解問題出在哪裡。她時常詰問我，為什麼總是想那麼多呢？有什麼事情不稱心嗎？有時候可以一笑置之，事情也就這麼過去了，但有時候妻子也會發起火來，到最後甚至埋怨連連：「您嫌棄我了吧？」、「您一定有什麼事瞞著我！」這種時候總是使我倍受煎熬。

我好幾次想索性向妻子坦白真相，可是話到嘴邊，一股外在的力量總會猛然撲過來制止我。你了解我，應該不必多做解釋，不過事情還是得交代清楚才好，所以還是講給你聽。那個時候，我已經不想在妻子面前掩飾自己了。假如我能以在亡友面前那顆真實的心，向妻子當面懺悔，她一定會流下喜悅的淚水並且原諒我的罪過。我之所以始終沒有向她懺悔，並不是為自己的利益做盤算，而是不忍心在妻子的記憶抹上一處汙點，因此不願意說出一切。你不妨這樣想，在潔白無瑕的物件上滿不在乎地甩落墨痕，哪怕只是一滴，於我都是莫大的痛楚。

一年過去，我仍然無法忘記Ｋ，心裡總是忐忑不安。為了趕走這種不安的心情，我努力埋首書堆，廢寢忘食，發憤研讀，並且期盼有朝一日能夠將成果公諸於世。

無奈的是，設定一個不切實際的目標，又異想天開地期待成功之日的到來，這從頭到尾都是一場虛假，我根本高興不起來。我再也無法逃躲到書堆裡，於是，我重又雙手抱胸，倨傲地眺望世間。

依我的觀察，妻子認為目前家裡不愁吃穿，所以我才如此散漫懈怠。妻子的娘家原就小有恆產，足夠母女倆閒居度日，而我同樣無須工作即可應付日常支出，也難怪妻子會這樣認為。除此之外，我也多少有些被慣壞的驕氣。不過，這並不盡然是我不做事的主要原因。毫無疑問，在遭受叔父欺騙的當下，我痛切體悟到凡人皆不可信。我認為別人都是不肖劣根，唯獨我一人品格清高。但當K的出現徹底打破這一切時，我赫然意識到自己和叔父其實是一丘之貉，這記重擊令我幾乎腿軟。我一向冷眼傲視世人，如今也對自己心灰意冷，難以動彈了。

五十三

自從無法繼續埋首書堆以後，有一段時期我試著借酒澆愁以忘卻自己。我其實不喜歡酒，只是天生酒量好，因此藉著豪飲來麻痺自己的心。不久，這種膚淺的權宜之計讓我更加厭世。我在爛醉如泥的時候，霍然發現到此時的窘境，也察覺到如此自欺欺人，根本是個傻瓜。我不禁渾身發抖，肉眼和心眼同時睜開，清醒過來。有時候就算喝得再多，卻連這種偽裝也做不出來，乾脆放縱自我，沉淪下去。而且就算使用技巧換得些許愉悅之後，物至則反，又變得意志消沉了。我無法在最深愛的妻子和她母親的面前掩藏這副德行，但她們會以自己的邏輯來解釋我的行為。

岳母時不時對妻子說些不中聽的話，妻子瞞著沒讓我知道，不過她又覺得私下若不責備我幾句，實在難消肚裡的怒氣。雖說是責備，但並不嚴厲，我也不曾被妻子說的話激怒過。妻子時常央求我，有什麼不稱心的事儘管直說。她也勸我為自己以後著想，別再喝酒了。有時她哭著抱怨：「您最近簡直變了個人似的！」如果她只說這樣也就罷了，可她又接著說：「假如 K 先生還活著，您也不至於成了這副模樣吧！」我曾經回答，也許她說得對。但是我回答的意思和她理解的意思完全不同，這使我非常悲傷。即使如此，我仍然不想對妻子多做解釋。

我經常向妻子認錯，多半是在喝得爛醉而晚歸的翌日早上。她有時笑一笑，有時不說話，偶爾也會落下珠淚。無論是哪一樣，都讓我非常難受。所以我向她認錯，也就等同於向自己認錯。我終究戒酒了。與其說是聽從妻子的勸告，應該說是自己不想再這樣下去了。

酒雖然戒了，仍舊什麼也不想做。找不到其他事情打發時間，我只好重拾書本。不過也就是讀一讀，然後就擱到一旁了。妻子多次問我到底為何而讀，我只能無奈地笑一笑。可是一想到連世上唯一最愛的人都不能理解自己，心底不免悲傷。再想到分明有辦法可以讓她理解，只是因為我拿不出勇氣，更是愈發悲傷。我很孤單，時常覺得自己與世隔絕，隻身度日。

於此同時，我一次又一次思索K的死因。或許是我當時一門心思全專注在「愛」字上頭，導致我的觀察非常單純而直接。我一口咬定K是因為失戀的打擊才去尋死。等到我心情漸漸平復，再回頭審視同一個場景，這才發現成因其實非常複雜。K死於現實與理想的衝突……但這仍不足以充分解釋。到最後我甚至懷疑，K是不是和我一樣，因為一個人太孤單而不知如何自處，因此突然結束了自己的生命。於是我再次不寒而慄。我似乎和K一樣，踏上了他走過的那條路——這股預感不時像風一般，掠過我的心口。

五十四

後來，岳母病了。醫生診斷的結果是無法痊癒。我盡心盡力照料她。這不僅是為了生病的岳母，也是為了愛妻。若以更深遠的意義而言，終究是為了世人。過去這段日子我一直想做些什麼，無奈一事無成，只好袖手過日。這是始終與世隔絕的我，第一次感受到自己主動做了一些好事。一種該稱為贖罪的心態驅使我這麼做。

岳母死了，家裡只剩我和妻子兩個人。妻子對我說，以後這世上能依靠的就只有你一個了。我望著妻子的臉，一想到連自己都無法信賴自己，又該如何讓妻子依靠，不由得熱淚盈眶。如此一想，覺得妻子真是個不幸的女人，可是我竟然不知不覺把「不幸的女人」這句話脫口說了出來。妻子問我什麼意思，她不明白，而我也無法解釋給她聽。妻子哭了，她憤恨不平地說，都是因為我平時對她有偏見，所以才會連這種話都說得出口。

岳母過世之後，我盡量溫柔對待妻子。這不單是由於我深愛著她，更因為我的溫柔不僅是對個人，還擴及更大的群體。我已死的那顆心恢復搏動，如同看護岳母那時候一樣。妻子看起來似乎很滿意。不過她不了解我，以致於在那份滿意之中隱約有些模糊不清之處。就算妻子了解我，我也不在意她的不滿會增加還是減少。畢竟比起那種來自於偉大人道立場上的愛情，女人更喜歡男人給她的是只專注於自己一人的溫柔，縱使多少有些不合人情也無妨。女人在這方面的傾向比男人更明顯。

妻子有一回問我，難道男人和女人的兩顆心，永遠也沒辦法黏起來變成一顆心嗎？我只含糊回答，只有年輕時候才成吧。妻子聽完，彷彿陷入了自己的回憶。半晌過後，她輕嘆了一聲。

從那時起，我的心口時常有個可怕的影子一閃而過。那道影子起初只是偶然從外面侵襲而入，把我嚇壞、使我戰慄。不多久，我的心開始呼應那道可怕的閃動。到最後，我覺得它不是從外界而來，而是早在我出生以後，就一直在我的心口潛伏至今了。每一次當我有這種感覺時，總會懷疑自己的腦袋是不是出了什麼毛病。不過，我無意請醫生或是其他人來幫我診斷。

我痛切地感受到人類的罪孽深重。這種感受讓我每個月都去為K上墳、使我看護照料岳母，也令我必須溫柔對待妻子。有時候為了得到這種感受，我甚至甘願給素不相識的路人鞭打。隨著這個過程慢慢演進，我發現與其讓別人鞭打，不如自己鞭打自己來得好些。甚至進一步興起了與其自己鞭打自己，乾脆自己殺死自己的念頭。我不知道該怎麼辦，只好決定像個行屍走肉一樣活下去。

自從我這樣決定以後，到現在不知道已有多少年了。我和妻子仍和從前一樣，過著和睦恩愛的日子。我們很幸福，絕對沒有不幸。唯獨我揣在心裡的一件事，就是這不尋常之事，使得妻子必須經常面對黑暗。一想到這裡，我實在對不起妻子。

五十五

雖然我決定像個行屍走肉一樣活下去，但我的心卻又時常由於外界的刺激而猛然搏動。但是，不管我拿定主意要往哪一個方向衝出去，總會立刻不知從哪裡鑽出一股可怕的力量，緊緊攫住我的心，使我完全動彈不得。而且這股力量不僅強壓住我，還會對我說：「你這個人沒資格做任何事情！」我一聽到這句話，頓時灰心喪氣。過了一會兒，我正打算重新振作起來時，又被緊緊攫住。我咬牙切齒，破口怒吼：「為什麼老是阻撓我！」這股神祕的力量冷笑說道：「你心裡明白得很呀！」於是我又氣餒了。

請你設身處地想一想，我表面上過的是波平浪靜、沒有起伏的單調生活，但是內心卻總是持續著如此痛苦的戰爭。別說妻子看了我這副模樣不耐煩，我對自己的不耐煩更不曉得是多少倍。當我在這間牢房裡再也待不下去，卻又沒有辦法掙脫逃離的時候，終於發現對我來說最輕鬆而隨手可及的只有自殺了。你或許會瞪大眼睛問我為什麼，這是因為那股神祕而可怕的力量，總是攫住我的心不肯放，它雖然禁止我的各種行動，卻唯獨為我敞開了可以任意前往的死亡之路。我若能持續靜止不動倒無所謂，如果想要稍微舒活筋骨，除了這一條路，其餘根本無路可走。

至今我已有兩三度在命運的牽引之下，打算前往最輕鬆的那條路，但是，每次都割捨不下妻子。我當然沒有勇氣帶妻子一起走。我連向妻子坦承真相都辦不到，遑論蠻橫地剝奪妻子的壽數作為陪葬。光是想想都令人害怕。我有我的宿命，妻子也有妻子的氣數，非要把兩個人捆在一起送去火化，不但窒礙難行，更是慘無人道。

那股神祕而可怕的力量，總是攫住我的心不肯放，它雖然禁止我的各種行動，卻唯獨為我敞開了可以任意前往的死亡之路。

いつも私の心を握り締めに来るその不可思議な恐ろしい力は、私の活動をあらゆる方面で食い留めながら、死の道だけを自由に私のために開けておくのです。

況且一想到我走了以後留下來的妻子，更是可憐。我回想起岳母過世時，妻子曾經說過，以後這世上能依靠的就只有你一個了，這句話深深地沁入我的心底。我心中總是天人交戰。有時看著妻子的臉，心想幸好沒有走上絕路。不多久，我又出神發愣，於是妻子不時以不滿的眼光望著我。

請記住，我就是這樣活過來的。從最早在鎌倉和你相遇的時候，甚或我們一起在郊外散步的時候，我的心境都沒有太大的改變。一道黑影總是緊緊跟在我的身後，我是為了妻子才勉強苟活於世。即便在你畢業回家鄉的時候，也沒有改變。我和你約好九月再見，那不是謊言，是真的想和你見面。我原本打算秋天過去，冬天來臨，然後等到冬天結束以後，我們一定會再相逢的。

豈料在炎熱的盛夏，明治天皇駕崩了。那時我強烈地感覺到，明治精神始於天皇也終於天皇，受到明治精神影響最深的我輩之人縱使繼續苟活，終究跟不上另一個新時代。我把這個想法明明白白說給妻子聽，她只笑一笑，沒搭理我。接著她不曉得想起什麼了，突然戲謔地對我說：「那麼殉義吧！」

五十六

我幾乎忘了殉義這個名詞。這個名詞平常根本用不到，差不多已經沉到記憶的底層開始腐爛，直到聽見妻子的戲謔才想起來。我對她說，如果真要殉義，我將為明治精神殉義。當然，我的回答也不過是個玩笑，但那時我似乎感覺到這個陳舊無用之詞，已經被賦予嶄新的含意。

再過了一個月左右，天皇大葬的那一夜，我一如往常坐在書房裡，聽到了報喪的炮響。那炮響宛如告知世人，明治時代告終。之後回想起來，這也成了乃木上將辭世的訃音。我拿著號外，不由自主對妻子嚷嚷著：「殉義了！殉義了！」

我在報上讀到一段乃木上將死前留下的遺書。他提到自從西南戰役⑰被敵人奪去聯隊旗，深感愧疚，多年來何嘗不想以死謝罪，卻苟活至今。讀到這段記述時，我不由得屈指數算乃木上將抱定必死決心而又活下來的年月。西南戰役發生於明治十年，直到他殉義的明治四十五年，中間相隔三十五年之久。這三十五年來，乃木上將想死的念頭不曾稍離，並且一直等待自盡的時機。我思索著對他而言，究竟是活

⑰明治十年（一八七七年），由西鄉隆盛率領日本九州部分士族舉兵起義，最後被政府軍成功鎮壓。戰役期間，第十四聯隊的代理聯隊長乃木希典少佐（當時的軍階）於一場對戰中敗退，聯隊旗遭奪去。

在世上這三十五年比較痛苦，還是把刀刺入腹中的一剎那更為痛苦。

隨後過了兩三天，我終於決心自殺。如同我不大了解乃木上將求死的理由，也許你也無法徹底理解我自殺的原因。倘若你真的無法理解，只能說是時代變遷所造成的世代差異，也是無可奈何的事。又或者解釋為每個人與生俱來的性格差異更為貼切。為了讓你了解我這個神祕的人，我已經盡己所能，在這封信裡詳細敘述我的一生了。

我將留下妻子，先行一步。幸好我走了以後，妻子仍然衣食無缺，有屋蔽雨。我不想讓她飽受殘酷的驚恐，死時不會讓她見到怵目的血光。我要在她不知道的時候，悄悄離開這個世界。我寧願妻子以為我猝死，即便她當我發狂而死，我亦無憾。

我希望你明白，自我決心尋死之後，到現在已有十多天了。這十來個日子裡，絕大部分的時間都用來為你寫下這一長篇自傳。原本我想當面告訴你，但是寫了之後，反而覺得這樣更能清晰勾勒出自畫像，十分開心。我不是一時興起才執筆書寫，只是因為成就今日之我的過往歲月，雖是人性經驗的一部分，但只有我自己知道而無法說給別人聽，現在我將它翔實記述下來，應該有助於你或其他人更深入了解人性。前些時候，我聽到一則渡邊華山⑱的故事，他為了完成一幅名為〈邯鄲〉的畫作，不惜將自盡之日延後了一個星期。在一般人看來，也許認為多此一舉，但對他本人而言，為了達到他心中的理想，這麼做完全是迫不得已。我所付出的努力，不單是為了遵守對你的承諾，有大半是自我要求與自我鞭策之下的結果。

現在，自我要求已經完結，再也沒有其他事要做了。當你接到這封信時，我大概已經不在人世，早就死了。妻子在十天前去市谷的姨母家了。姨母生病，家裡人手不夠，是我勸她去幫忙的。這封長信大部分是趁她不在家的時候寫下。她經常回來，一進門我就得趕緊把信藏起來。

我打算把自己的過去，包括善的一面與惡的一面，提供給別人參考。但是請答應我，唯獨妻子除外。我不想讓她知道任何事情。我唯一的希望就是讓妻子對我的回憶，盡可能以純白無瑕的形態永久保留下來。所以我走了以後，只要妻子在世，請將我只告訴你一個人的祕密深藏心底。

⑱渡邊華山（一七九三～一八四一），日本江戶時代武士與畫家。

日本近代文學泰斗
夏目漱石年表

我們生在這個充滿自由、獨立和自我的現代，
所付出的代價大概就是人人都得嘗到這種孤獨。

出生

一八六七年二月九日，出生於牛込馬場下橫町（現東京都新宿區喜久井町）。為町長夏目小兵衛直克與妻子千枝所生的五男。取名為夏目金之助。由於當時夏目家逐漸沒落，金之助出生後便被送到位於四谷的舊家具店寄養，但不久又回到老家。

1 歲

一八六八年，過繼給四谷（今新宿二町目）名主塩原昌之助作養子，改姓塩原。

7 歲

一八七四年，因養父母感情不和，金之助暫時返回夏目家居住。養父母離婚。同年十二月，進入淺草寺町公立戶田學校下等小學，就讀第八級。成績優秀。

9 歲

一八七六年夏天，與養母同時被夏目家收留，但戶籍仍設在塩原家。轉學至公立市谷學校下等小學。

11 歲

一八七八年，進入東京府立第一中學就讀。二月，在和友人島崎柳塢等所創辦的傳閱雜誌上發表〈正成論〉一文。

16 歲

一八八三年，為了報考大學預科，轉學至神田駿河台的成立學舍學習英語。

17 歲

一八八四年，九月，錄取大學預科。同年級的友人有中村是公、芳賀矢一等人。

19 歲

一八八六年，七月，罹患腹膜炎無法參加考試，成績太差而被留級，從此發憤學習，一直名列前茅。後與中村是公在本所江東義塾任教，並遷居至義塾宿舍。

20 歲

一八八七年，長兄大助、次兄榮之助先後於三月、六月去世。

21 歲

一八八八年，一月，戶籍遷回本姓夏目家。 七月，自第一高等中學預科畢業。九月，進入第一高等學校本科第一部就讀。

22 歲

一八八九年，一月，結識正岡子規。於正岡子規《七草集》的評論文中，初次使用筆名「漱石」。

23 歲

一八九〇年，七月，自第一高等中學本科畢業。九月，進入東京帝國大學英文科就讀，專攻英國文學。陷入厭世主義。

24 歲

一八九一年，七月，獲選為東京帝國大學英文科特等生。他所敬愛的嫂嫂（三哥直矩之妻）去世。十二月，將《方丈記》（鎌倉時代的隨筆文學）譯成英文。

25 歲

一八九二年四月，五月，成為東京專門學校的講師。六月，撰寫《老子的哲學》（東洋哲學之論文）。七、八月間，與子規同遊京都、堺。

26 歲

一八九三年，三月至六月，發表〈英國詩人對天地山川的觀念〉演講。七月，自東京帝國大學英文科畢業。十月，進入東京高等師範學校擔任英文教師，年薪四百五十圓。

27 歲

一八九四年春天，因診斷出初期肺結核，開始療養身體。十二月，至鎌倉圓覺寺參禪。為神經衰弱所苦，有厭世的傾向。

28 歲

一八九五年，至四國愛媛縣普通中學任教。八月，從軍參與中日甲午戰爭的子規咳血歸國，住進漱石的下榻處。十二月，與貴族院書記官中根重一的長女中根鏡子相親並訂婚。

29 歲

一八九六年，赴熊本擔任第五高等學校講師。與中根鏡子結婚。

30 歲

一八九七年，六月，生父直克去世（八十四歲）。鏡子流產。

31歲
一八九八年，鏡子懷孕、精神疾病發作，一度企圖投水自盡，漱石本身也受神經衰弱之苦。

32歲
一八九九年，五月，長女筆子誕生。

33歲
一九〇〇年，五月，被文部省選為英國留學生，開始在英國倫敦大學學院為期兩年的留學生活。

34歲
一九〇一年，一月，赴英留學期間，二女恒子誕生。因孤獨等緣故罹患神經衰弱。

35歲
一九〇二年，九月，正岡子規過世。神經衰弱症狀嚴重，日本國內謠傳漱石發瘋的消息。十二月五日，啟程歸國，結束留學生活。

36歲
一九〇三年，四月，擔任第一高等學校、東京帝國大學英文科講師。七月，神經衰弱加劇，與妻女分居。十月，三女榮子誕生。

38歲
一九〇五年，一月，於《杜鵑》雜誌發表《我是貓》。十二月，四女愛子誕生。

39歲
一九〇六年，四月，於《杜鵑》雜誌發表《少爺》。九月，於《新小說》雜誌發表《草枕》。十月，將和文友會面的日子訂在每週四，是「木曜會」的開始。

40歲
一九〇七年，四月，辭去教職，進入朝日新聞社成為專業作家。六月起在《朝日新聞》連載《虞美人草》。長男純一誕生。

41歲
一九〇八年，七、八月發表《夢十夜》，九月起連載《三四郎》。二男伸六誕生。

42歲
一九〇九年，十一月，創設朝日新聞「文藝欄」，由漱石主持。

43 歲

一九一〇年，三月起連載《門》。五女雛子誕生。六月，胃潰瘍住院。八月，前往靜岡縣修善寺溫泉療養，但病況惡化、大量吐血，陷入昏迷不醒的狀態。

44 歲

一九一一年，二月，文部省授予文學博士學位，但漱石堅辭。十月，朝日新聞文藝欄被廢除，漱石提出辭呈。十一月，五女過世。

45 歲

一九一二年，七月，明治天皇駕崩，更改年號。九月，《彼岸過迄》出版。十二月，於朝日新聞連載《行人》。

46 歲

一九一三年，自一月起，連續數月遭神經衰弱之舊疾折磨。三月，胃潰瘍復發。

47 歲

一九一四年，《行人》一書由大倉書店出版。四月二十日至八月十一日，在朝日新聞上連載《心》一文，十月，《心》由岩波書店出版。胃潰瘍復發，纏綿病榻約一個月。

48 歲

一九一五年，六月起於朝日新聞上連載〈道草〉。十一月，久米正雄、芥川龍之介經由林原耕三引薦，入夏目漱石門下，參加「木曜會」。

49 歲

一九一六年，十二月九日因胃潰瘍大出血去世。二十八日葬於雜司谷墓地。

廣 告 回 函
板橋郵政管理局登記證
板 橋 廣 字 第 143 號

郵資已付　免貼郵票

231
新北市新店區民權路108-2號9樓
野人文化股份有限公司　收

野人

請沿線撕下對折寄回

野人

書名：心　書號：0NGW0105

好野人部落格
http://yeren.pixnet.net/blog

野人文化粉絲專頁
http://www.facebook.com/yerenpublish

書　名

姓　名　　□女　□男　年齡

地　址

電　話　　手機

Email

□同意　□不同意　收到野人文化新書電子報

學　歷　□國中(含以下)　□高中職　□大專　□研究所以上

職　業　□生產/製造　□金融/商業　□傳播/廣告　□軍警/公務員
□教育/文化　□旅遊/運輸　□醫療/保健　□仲介/服務
□學生　□自由/家管　□其他

◆你從何處知道此書？
□書店：名稱 ______　□網路：名稱 ______
□量販店：名稱 ______　□其他 ______

◆你以何種方式購買本書？
□誠品書店　□誠品網路書店　□金石堂書店　□金石堂網路書店
□博客來網路書店　□其他 ______

◆你的閱讀習慣：
□親子教養　□文學　□翻譯小說　□日文小說　□華文小說　□藝術設計
□人文社科　□自然科學　□商業理財　□宗教哲學　□心理勵志
□休閒生活（旅遊、瘦身、美容、園藝等）　□手工藝／DIY　□飲食／食譜
□健康養生　□兩性　□圖文書／漫畫　□其他 ______

◆你對本書的評價：（請填代號，1. 非常滿意　2. 滿意　3. 尚可　4. 待改進）
書名 ____ 封面設計 ____ 版面編排 ____ 印刷 ____ 內容 ____
整體評價 ____

◆你對本書的建議：

野人文化部落格 http://yeren.pixnet.net/blog
野人文化粉絲專頁 http://www.facebook.com/yerenpublish